SI LO ENCUENTRA, DEVUÉLVALO A

MAX CRUMBLY

Importante: ¡Si desaparezco, entregue este
libro a las autoridades locales!

AVISO:

Este diario contiene

Humor friqui

Acción electrizante

Suspense para morderse las uñas

Raps cañeros

Y un final abierto para alucinar.

El desastroso MAX CRUMBLY

QUÉ ASCO DE DÍA

LIBRO UNO

RACHEL RENÉE RUSSELL

con Nikki Russell y Erin Russell

DESTINO

DESTINO INFANTIL Y JUVENIL, 2017
infoinfantilyjuvenil@planeta.es
www.planetadelibrosinfantilyjuvenil.com
www.planetadelibros.com
Editado por Editorial Planeta, S. A.

Título Original: *The Misadventures of Max Crumbly. Locker Hero*
© Rachel Renée Russell, 2016. Todos los derechos reservados
© de la traducción: Julia Alquézar, 2016
© Editorial Planeta, S. A., 2017
Avda. Diagonal, 662-664, 08034 Barcelona
Maquetación: Emma Camacho
Primera edición en esta presentación: septiembre de 2017
ISBN: 978-84-08-17973-3
Depósito legal: B. 22.732-2017
Impreso en España – Printed in Spain

El papel utilizado para la impresión de este libro es cien por cien libre de cloro
y está calificado como papel ecológico.

Para el Max Crumbly original, mi sobrino Preston, un superhéroe de sonrisa contagiosa, dispuesto a salvar el día con su característico golpe de kárate y su leal compañero de fatigas, el perro *Chase*.

El DESASTROSO MAX CRUMBLY
(COSAS IMPORTANTES QUE NECESITÁIS SABER POR SI DESAPARECIERA MISTERIOSAMENTE)

1. Mi vida secreta como ~~Superhéroe~~cero (a la izquierda)
2. Si hay un cadáver en mi taquilla, ¡es problable que sea el mío!
3. Cómo Darth Vader se convirtió en mi padre
4. ¡Que alguien me traiga un pañal! ¡Rápido!
5. Por qué meto los pies en el bol de palomitas de mi hermana
6. Sí, ¡el Batniño es mi hermano pequeño!
7. Beber zumo de ciruela de un vaso de plástico rojo
8. Podéis llamarme Pota
9. Cómo me rompí los pantalones por accidente, me golpeé la rodilla y acabé con el ego magullado
10. ¡La abuela se asfixia con la dentadura! (otra vez)
11. ¡¡Aviso!! ¡Ten cuidado con el vampiro rarito de la taquilla!
12. ¿Preparando el cierre?
13. ¡¡Ayuda!! ¡Creo que voy a vomitar!
14. ¿El Rey del Rock de la limpieza?
15. Divagaciones de un lunático taquillero
16. ¿Quién dice que un zombi no puede rapear?
17. ¡A patadas!
18. Entro en las profundas entrañas oscuras de... ¡¿¡Dónde estoy?!
19. Señor del laberinto

20. ¿De verdad sirven pizza monstruosa de carne en la cárcel?

21. Si consigo llegar a casa con vida, ¡mi padre me matará!

22. Cómo «Cenicienta» perdió su ~~zapatito de cristal~~ zapatilla

23. ¡El ataque del retrete asesino!

24. Sin suerte, cubierto de porquería y apestado

25. ¿Por qué había un chico en el vestuario de las chicas?

26. El peor tono de llamada del mundo

27. ¡¿Me falta un hervor?! ¡¿En serio?!

28. Cómo descubrí la nota adhesiva del infierno

29. La humillante desgracia de Max Crumbly

(¡Lo siento, tíos! ¡Culpa mía!)

Agradecimientos

1. MI VIDA SECRETA COMO SUPERHÉROECERO (A LA IZQUIERDA)

Si tuviera SUPERPODERES, la vida en el insti no sería tan HORRIBLE.

Por ejemplo, JAMÁS volvería a perder el estúpido bus, porque podría ir VOLANDO...

GENIAL, ¿verdad? Eso básicamente me convertiría en el chico más GUAY del instituto.

Pero os contaré un secreto. Que te bombardee un pájaro enfadado no tiene nada de guay. Es simplemente... ¡ASQUEROSO!

La televisión, los cómics y las películas hacen que todo el rollo de ser un superhéroe parezca MUY fácil. ¡Pero NO LO ES! Así que no os creáis lo que os dicen.

NO PUEDES adquirir superpoderes sin más por haber pasado un rato en un laboratorio mezclando brillantes líquidos de colores y luego BEBÉRTELOS.

¡BUA JA JA JAAA!

YO, PREPARANDO UN SABROSO BATIDO DE SUPERPODERES.

Y ¿cómo sé que no funciona?

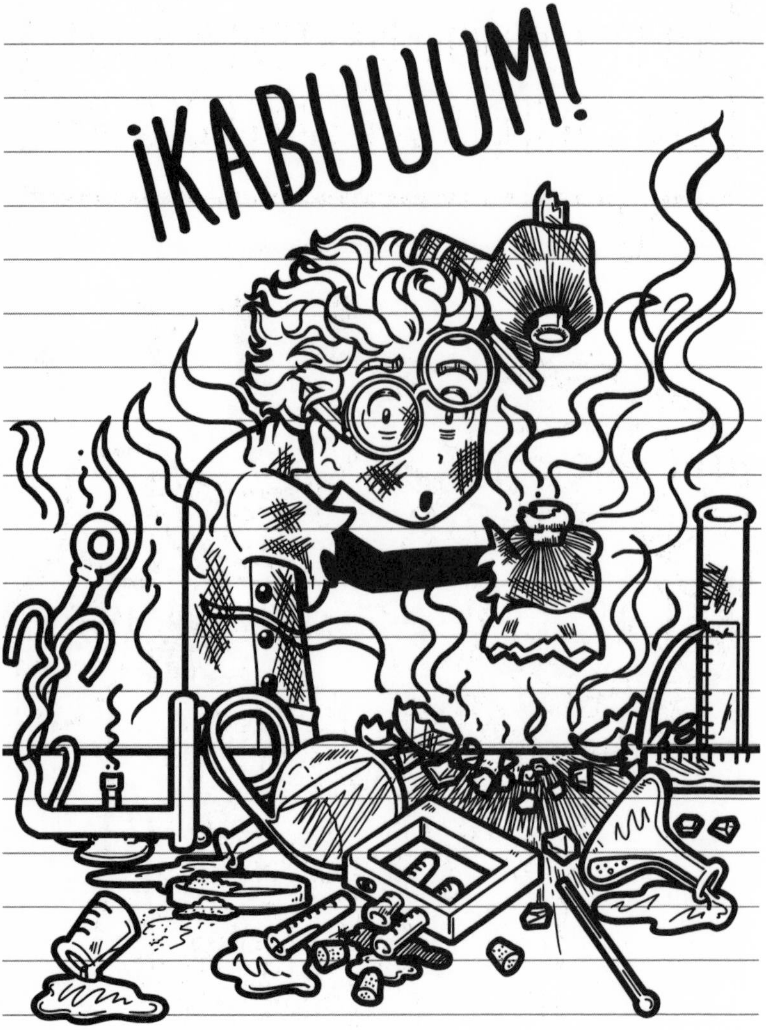
¡KABUUUM!

¡UPS!

Para que me entendáis...

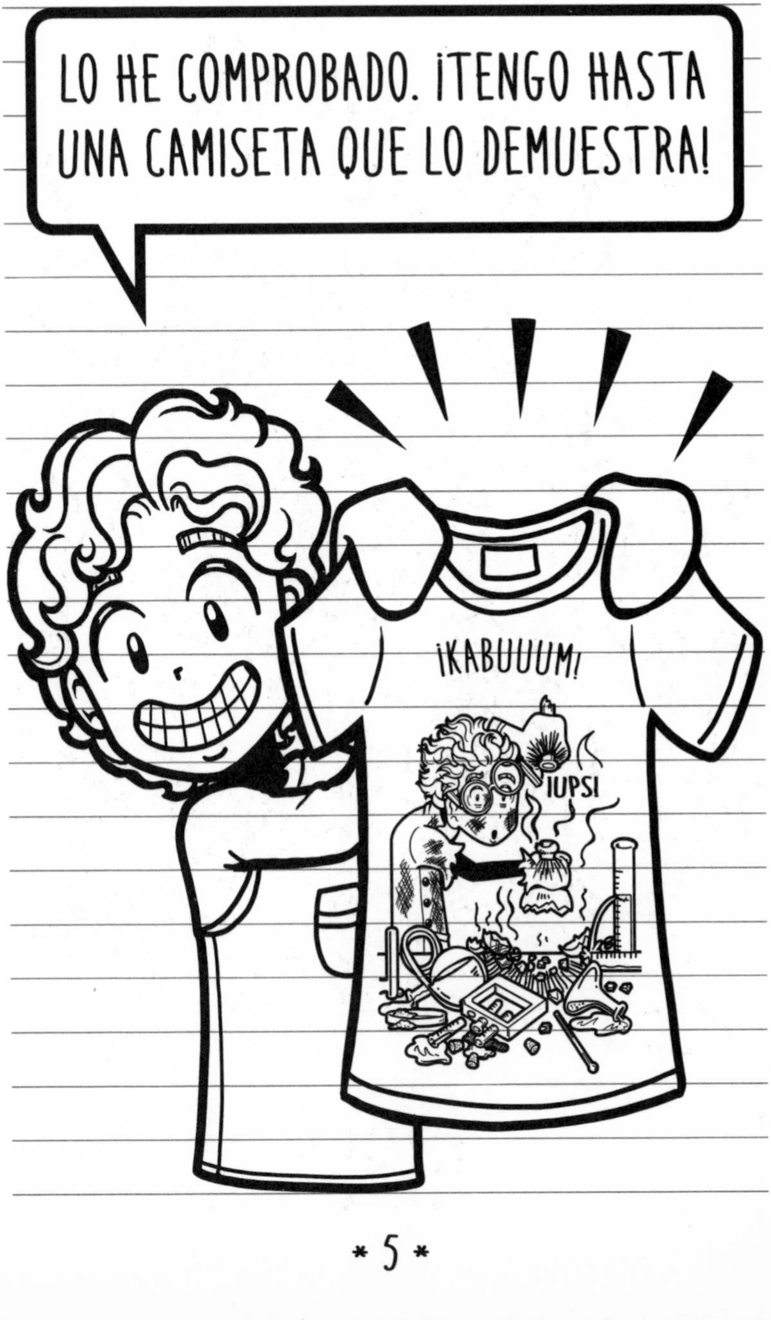
LO HE COMPROBADO. ¡TENGO HASTA UNA CAMISETA QUE LO DEMUESTRA!
¡KABUUUM!
¡UPS!

De todos modos, aunque tuviera superpoderes, la primera persona a quien debería rescatar sería...

¡A MÍ MISMO!

¿POR QUÉ? Pues porque un compañero me ha gastado una BROMA penosa.

Y, por desgracia, podría estar MUERTO cuando leáis estas líneas.

Sí. Eso he dicho: «MUERTO».

Vale, admito que la INTENCIÓN del chico no era matarme.

Pero aun así...

Así que, si os dan MAL ROLLITO este tipo de cosas (o los finales abiertos de los cómics), probablemente no deberíais leer mi diario...

EH... DISCULPA, PERO ¿SEGUÍS LEYENDO?

MUY BIEN, VALE, VOSOTROS MISMOS.

PERO NO DIGÁIS QUE NO OS LO ADVERTÍ.

2. SI HAY UN CADÁVER EN MI TAQUILLA, ¡ES PROBABLE QUE SEA EL MÍO!

Todo empezó como un día normal, aburrido y CUTRE, uno más de mi vida extremadamente CUTRE y aburrida.

Esa mañana me había dormido. Y, desde ahí, todo había ido cuesta abajo.

En el desayuno, perdí completamente la noción del tiempo mientras leía un viejo cómic que papá había encontrado en el desván hacía unos días.

Me había explicado que su padre se lo había regalado a él por su cumpleaños cuando era niño.

Me dijo que lo tratara con cuidado y no lo sacara de casa, porque era un ejemplar de coleccionista y probablemente valiera cientos de dólares.

Mi padre lo decía bastante en serio, porque ya había concertado una cita en la tienda de cómics de cerca de casa para que lo tasaran.

No obstante, como ya llegaba tarde al insti, decidí ~~escamotear~~ llevarme el cómic para acabar de leerlo a la hora de la comida.

Porque, a ver, ¿qué podía pasarle en el instituto?

Sin embargo, mientras corría hacia la parada del autobús, la cremallera de mi mochila se rompió y todo lo que llevaba dentro se me cayó, incluido el cómic de papá.

¡PORRAS! Solo podía pensar en que si le pasaba algo al cómic, mi padre me RETORCERÍA EL PESCUEZO.

Cogí el cómic, y, mientras intentaba recoger todo lo demás, vi que el autobús frenaba, se detenía con un chirrido, esperaba tres segundos y después volvía a ponerse en marcha.

¡SIN MÍ!

Corrí detrás de él como si fuera un billete de 100 dólares al que se estuviese llevando el viento.

—¡PARE! ¡PARE! ¡PAREEEEEE! —grité.

Pero ni caso.

Había perdido el autobús y no me quedó otra que ir andando al instituto, de modo que llegué veinte minutos tarde.

Lo siguiente fue que la conserje me estaba echando una bronca. Me dio un aviso por el retraso y amenazó con castigarme después de clase porque la había interrumpido mientras se comía un dónut con mermelada.

Justo cuando pensaba que las cosas no podían empeorar, lo hicieron.

Cuando me planté delante de mi taquilla para recoger mis libros, de repente lo vi todo NEGRO.

Comprendí que estaba ATRAPADO en mi peor

PESADILLA.

Sabía que empezar en un instituto nuevo iba a ser difícil, pero más bien es una auténtica LOCURA.

¡MI VIDA ES UN ASCO!

Sé que probablemente estaréis pensando: «Tío, relájate un poco. Todo el mundo tiene un MAL día en el insti de vez en cuando. Deja de lloriquear

¡y SUPÉRALO!».

¿EN SERIO?

¿Seríais capaces de decirme algo así?

A ver... ¿cómo se supone que tengo que superar ESTO?

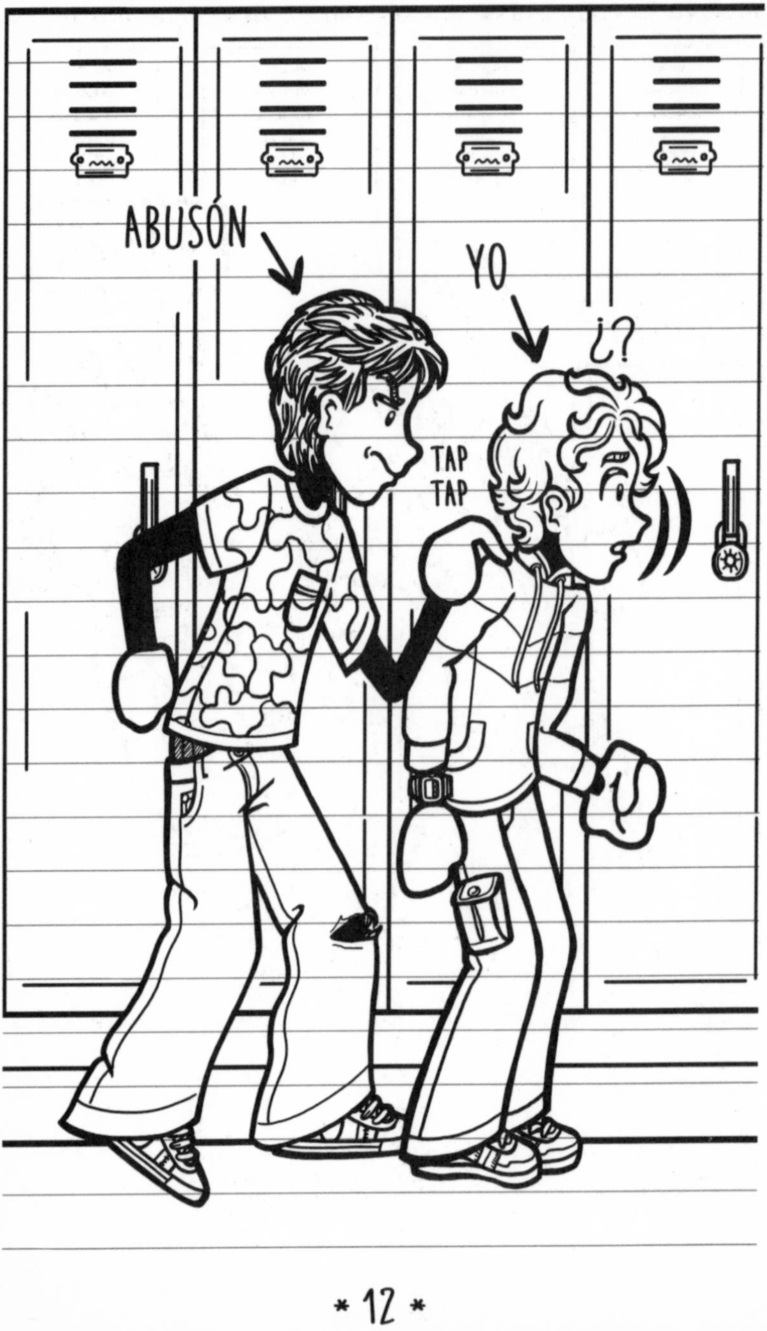
ABUSÓN
YO
¿?
TAP
TAP

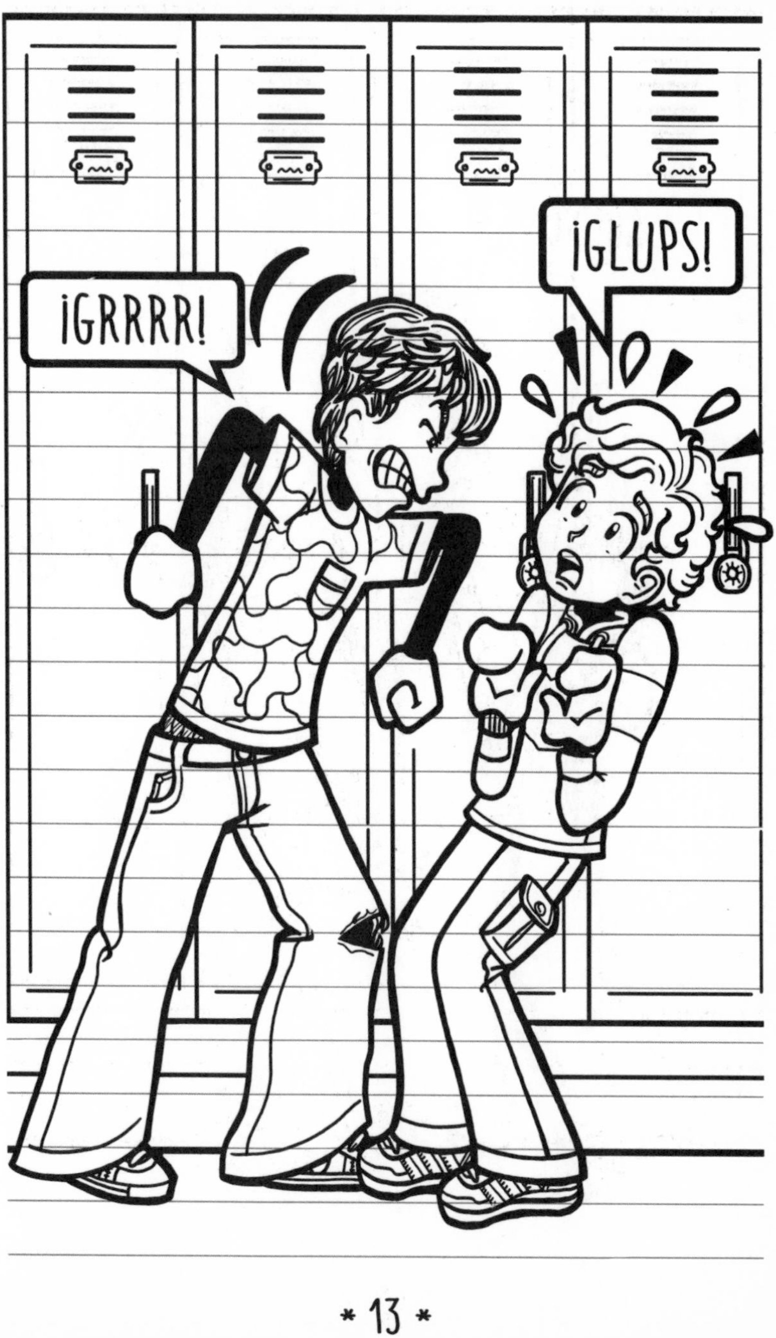
¡GRRRR!
¡GLUPS!

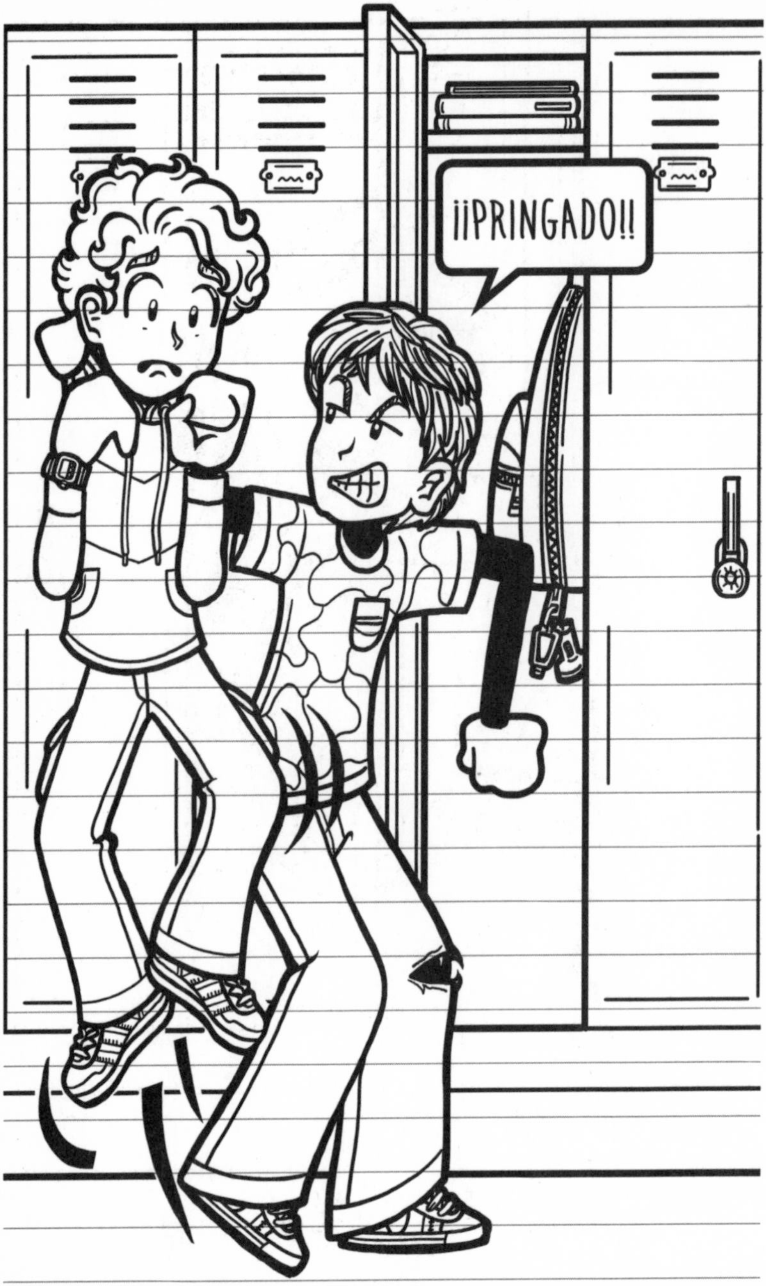
¡¡PRINGADO!!

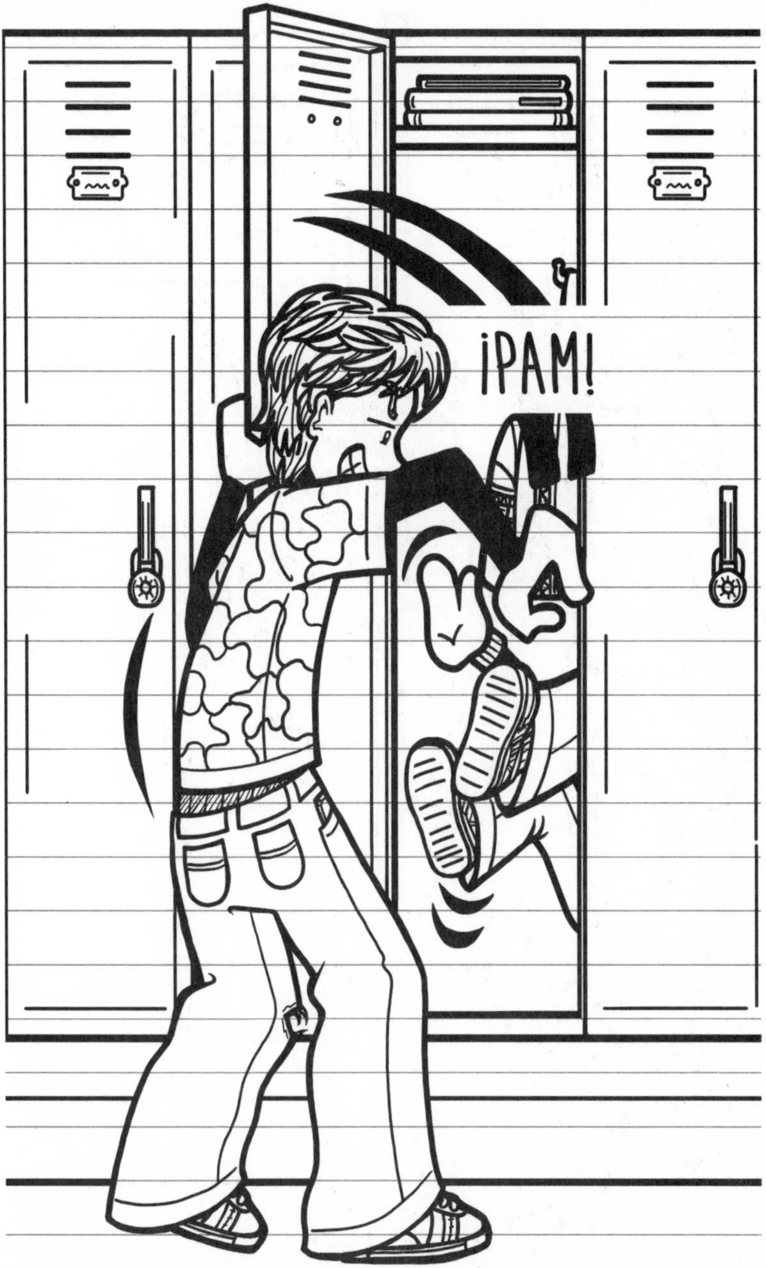
¡PAM!

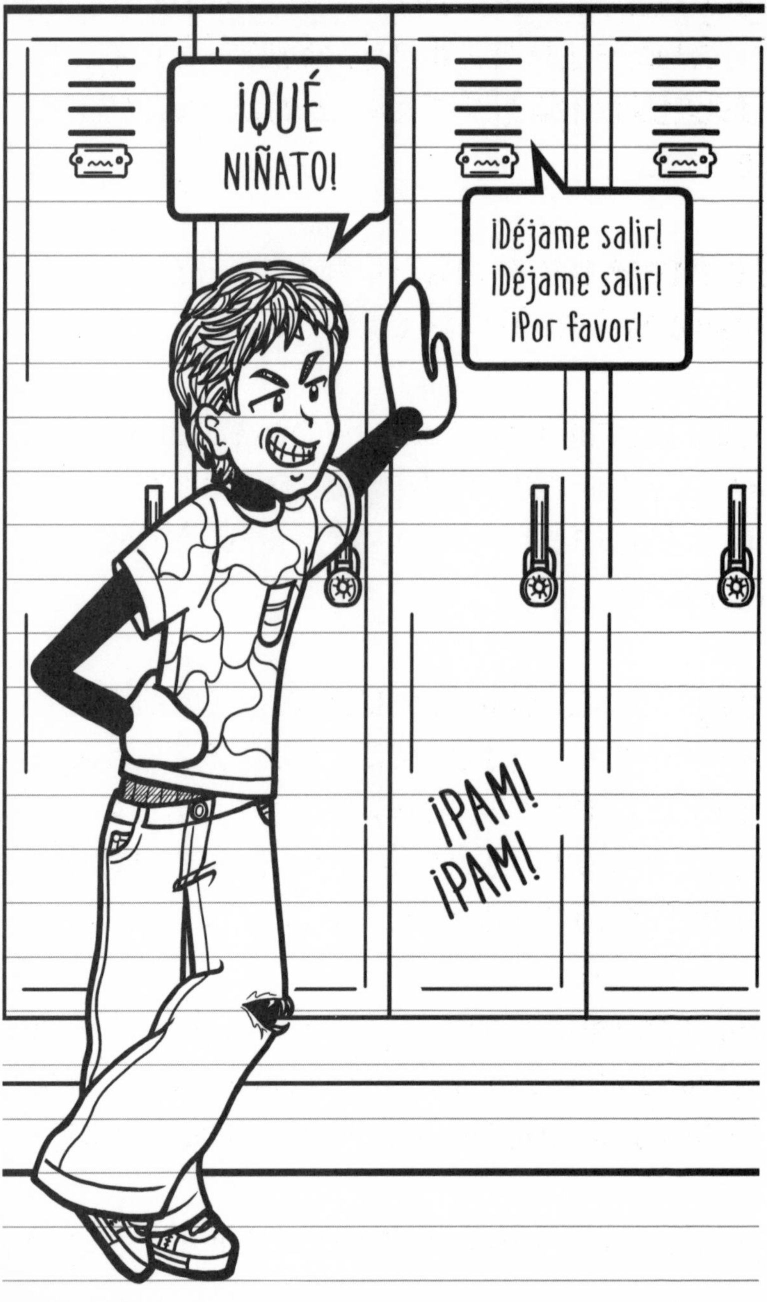
¡QUÉ NIÑATO!
¡Déjame salir! ¡Déjame salir! ¡Por favor!
¡PAM! ¡PAM!

Doug Thurston, más conocido como Abusón Thurston, ¡ACABA DE ENCERRARME DENTRO DE MI TAQUILLA! ¡¡OTRA VEZ!! Y solo llevamos dos semanas de clase.

¿Qué tiene esto de DIVERTIDO? Parece que he pasado aquí metido una eternidad.

Y, por desgracia, ¡no tengo el móvil para pedir ayuda! Por la mañana, había ido tan apurado que me lo había dejado encima de la mesa después de desayunar.

Tengo las piernas tan dormidas que, probablemente, si me serrara el pulgar con la regla de metal no sentiría nada. ¿Y he mencionado que acabo de tener un ataque de asma? Si no llevara siempre el inhalador encima, ya habría muerto.

Sin duda, para la hora de la comida, habré palmado por la falta de oxígeno y por el pestazo de la ropa de gimnasia sucia que hay en la taquilla de al lado.

Lo que resulta irónico si lo piensas, porque debería

haber muerto la PRIMERA vez que intenté tragar la BASURA que se empeñan en hacer pasar por comida en la cafetería.

~~Y, por si eso no fuera suficiente TORTURA, tengo que hacer pis. ¡Urgentemente!~~

Tengo que descubrir cómo puedo salir de esta taquilla.

Por suerte, llevo conmigo mi llavero linterna. Si no, estaría completamente a oscuras.

La ÚNICA razón por la que estoy escribiendo este diario es porque me preocupa que un día Abusón Thurston me encierre en la taquilla y NUNCA pueda volver a salir.

Así que ideé este ingenioso plan.

Cuando las autoridades lleguen a investigar mi misteriosa desaparición, lo PRIMERO que encontrarán en mi taquilla ~~(además de mi cuerpo en descomposición)~~ será este diario...

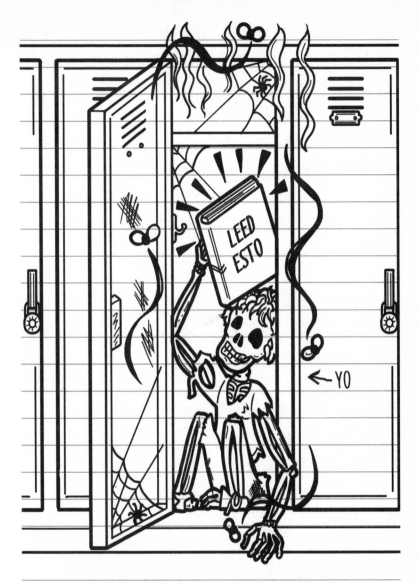

YO, CUANDO ME ENCUENTREN
EN MI TAQUILLA CON EL DIARIO.

Lo voy a llamar *El desastroso Max Crumbly*, y en él llevaré un registro muy detallado de todas ~~las ESTUPIDECES que he tenido que aguantar~~ mis experiencias aquí, en el instituto.

Dado que hay muchas posibilidades de que NO pueda salir de mi taquilla vivo, me he ocupado de recoger suficientes pruebas en estas páginas para enviar a Abusón a la CÁRCEL.

¡CADENA PERPETUA!

O, al menos, para que tenga que pasarse en el aula de castigo todas las tardes hasta que se gradúe ~~o deje el insti, lo que pase primero.~~

Mirad, yo NO intento salvar el mundo ni ser un héroe, así que no me malinterpretéis.

Pero si puedo evitar que lo que me ha pasado a MÍ os pase a vosotros, o a alguna otra persona, habrá valido la pena hasta el último segundo que he pasado encerrado en mi taquilla.

3. CÓMO DARTH VADER SE CONVIRTIÓ EN MI PADRE

Imagino que alguno de vosotros pensará: «¿Este chico va en serio? ¿De verdad está escribiendo todo esto desde DENTRO de su TAQUILLA?».

De acuerdo, comprendo y acepto totalmente ese escepticismo.

A mí mismo TAMBIÉN me cuesta MUCHO creer todo lo que me está pasando. Ahora bien, antes de seguir, supongo que debería presentarme.

Me llamo Maxwell Crumbly, y estoy en octavo grado en el instituto de South Ridge.

Pero la mayoría de mis compañeros me llaman ~~Pota, porque vomité los cereales del desayuno en clase de educación física~~ Max.

Y SÍ, todos estos dibujos los he hecho yo.

Este es mi aspecto actual...

Ahora que lo pienso, este NO es el mejor autorretrato que puedo dibujar. Dejadme que lo arregle...

Vale, sí, este me ha salido mucho mejor...

MOCHILA MEDIO ROTA
CON CREMALLERA
ESTROPEADA

MI CARA HABITUAL
DE EMBOBADO Y
DESPISTADO

RAPS CAÑEROS
SOBRE MI VIDA

BLOC CON
TODOS MIS
DIBUJOS

SUDADERA MUY
HORTERA HEREDADA DE
MI PRIMO WILBUR

JABÓN DE
MANOS

INHALADOR
PARA ATAQUES
DE PÁNICO

LINTERNA

VAQUEROS
BARATOS DE
MARCA BLANCA

CÓMICS DE
SUPERHÉROES

EXAMEN DE
CIENCIAS

ZAPATILLAS
DESGASTADAS

LÁPIZ MORDISQUEADO

AUTORRETRATO DE MÍ MISMO (MAX CRUMBLY)

Debo admitir que aún no he conseguido adaptarme a todo lo que significa ir a un instituto público.

Cuando era más pequeño, tenía asma grave y ataques de pánico, y uno de los desencadenantes era el estrés. Así que, por razones médicas, hace ocho años, mis padres decidieron que estudiaría en casa, con mi ABUELA.

Y aún no he llegado a la parte que da MÁS MIEDO. ¡Es una maestra de EDUCACIÓN INFANTIL jubilada! Hasta el año pasado, tuve que aguantar que me obligase a echar siestas, a beber en vasos para niños pequeños y a leer libros de cuentos; sencillamente... NADA DE ESO TENÍA NI PIES NI CABEZA. Si tengo que comer otra galleta con forma de animal, ¡juro que vomitaré un ZOO entero!

Lo siento, pero la humillación que un chaval como yo puede sobrellevar tiene un límite.

Por eso, en secreto, tramé un plan para llamar a los servicios sociales y denunciar a mi abuela por ABUSO DE MENORES.

Probablemente, el día más feliz de mi vida fue cuando mis padres POR FIN accedieron a dejarme asistir al instituto de South Ridge.

Como ahora soy mucho mayor y me han cambiado el tratamiento, mi médico me dio permiso.

El único problema es que si mis padres descubren que estoy teniendo el más MÍNIMO problema que pueda estresarme, ~~me tocará volver con mi Abuela y sus siestas y vasos para bebés hasta que vaya a la universidad~~ me sacarán del insti antes de que pueda decir esta boca es mía.

Así que, de verdad, necesito arreglar el problema con Abusón. ¡¡Y RÁPIDO!!

Aunque lo veo bastante complicado, porque es tan grande como un buey, y además huele igualito.

Me siento detrás de él en clase de matemáticas y algunos días me cuesta incluso respirar, así que me tapo la nariz y me digo para mis adentros:

AQUÍ ESTOY YO, INTENTANDO NO RESPIRAR
LOS VAPORES CORPORALES TÓXICOS.

¿Recordáis que mencioné que siempre llevo un inhalador? Me proporciona una buena dosis de medicamento que me ayuda a respirar.

Bien, pues ese cacharro es completamente INÚTIL contra Abusón.

Rebusqué en el garaje hasta que encontré la máscara de gas de papá (le encanta pintar coches). Y ahora la llevo a clase por «razones médicas» siempre que el TUFO que despide Abusón es demasiado FUERTE.

← YO, CON UNA MÁSCARA DE GAS EN CLASE.

Lo extraño del caso es que Abusón es muy majo conmigo los días que llevo la máscara.

¿POR QUÉ?

Pues porque de verdad cree que soy ¡HIJO DE DARTH VADER! Te lo prometo. No miento.

Un día me contó que, de mayor, quiere ir a la universidad para convertirse en un Lord Sith, igual que mi PADRE. Incluso me dijo que ya había ahorrado 3,94 dólares para comprar una capa negra, una máscara y una espada láser roja.

Es de LOCOS, ¿verdad? Pero ten en cuenta que Abusón ha repetido octavo unas ¡¡TRES VECES!!

Casi me caí de la silla cuando ~~invitó al hijo de Darth Vader~~ ME invitó a su casa a comer pizza y a jugar a videojuegos.

Pero decidí NO ir, pues iba a tener que quitarme la máscara para comer.

Y cuando Abusón POR FIN se diera cuenta de que yo no era hijo de Darth Vader, me daría una buena tunda.

Si pudiera aguantar con la máscara puesta durante toda la jornada escolar, seguro que Abusón y yo acabaríamos siendo los MEJORES AMIGOS.

ABUSÓN Y YO, PASANDO EL RATO.

Y, hablando de esto, puedo contar los amigos que tengo con ~~los dedos de una mano~~ un dedo.

Hace unas semanas, conocí a un chaval en la tienda de mascotas, pero va al instituto de Westchester Country Day. Había ido a comprar comida para perros para el yorki desquiciado de mi abuela, *Petisú*. De repente, la bola de pelo enana empezó a ladrar como una bestia (lo digo con sarcasmo, claro) y saltó de mis brazos para «atacar» a un chico que estaba a mi lado.

—¡Eh! ¡Tranquilo, fiera! —se rio. Entonces, se metió la mano en el bolsillo y sacó una chuche para perros, se agachó y se la ofreció—. Soy tu amigo. ¿Ves?

Petisú dejó de ladrar y, tras olisquear la mano del extraño, aceptó feliz el premio, mientras movía la cola; como colofón, lamió la cara del chico.

—¡Ostras! Es más amable contigo que conmigo, y llevo cinco años alimentándolo y recogiendo sus cacas —exclamé.

—Sí, los yorkis son muy nerviosos, pero se calman si te asocian con algo positivo —me explicó.

—¡Vaya!, eres como el Encantador de Perros. ¿Cómo aprendiste a entenderlos tan bien? —pregunté.

—Es que paso MUCHO tiempo con ellos —dijo entre risas—. Soy voluntario en la protectora de animales Amigos Peludos.

—Aunque no soy un adiestrador, soy capaz de bañar a *Petisú* sin ahogarlo —bromeé—. ¿Necesita Amigos Peludos a alguien para bañar a los perros?

Así, Brandon y yo nos hicimos buenos amigos. Es muy guay, y nos vemos en Amigos Peludos una vez a la semana, donde cuidamos a los perros.

Y Brandon no quiere pasar el rato conmigo porque piense que mi padre es Darth Vader.

¿Qué puedo decir? Algunos beben de la fuente del conocimiento, mientras que otros (como Abusón) simplemente hacen GÁRGARAS y ESCUPEN.

4. ¡QUE ALGUIEN ME TRAIGA UN PAÑAL!

¡Porras! ¡Tengo muchas muchas ganas de hacer PIS!

¡Sí, ya, vale! Probablemente pensaréis, ¡TÍO!
¡DEMASIADOS DETALLES!

Pero por alguna razón, siempre me entran ganas
cuando me pongo muy nervioso o me asusta algo.

Mi problema de vejiga me ha ARRUINADO
completamente la vida en más de una ocasión.

Como cuando CASI acabé primero la carrera de los
100 metros del día de los deportes que se celebró
en el insti la semana pasada.

No voy a mentir. Que me ficharan para el equipo de
fútbol y poder codearme con los chicos populares
me habría cambiado la vida por completo.

Pero, por desgracia, justo al final de la carrera,
no me quedó más remedio que tomar un pequeño...
esto... DESVÍO.

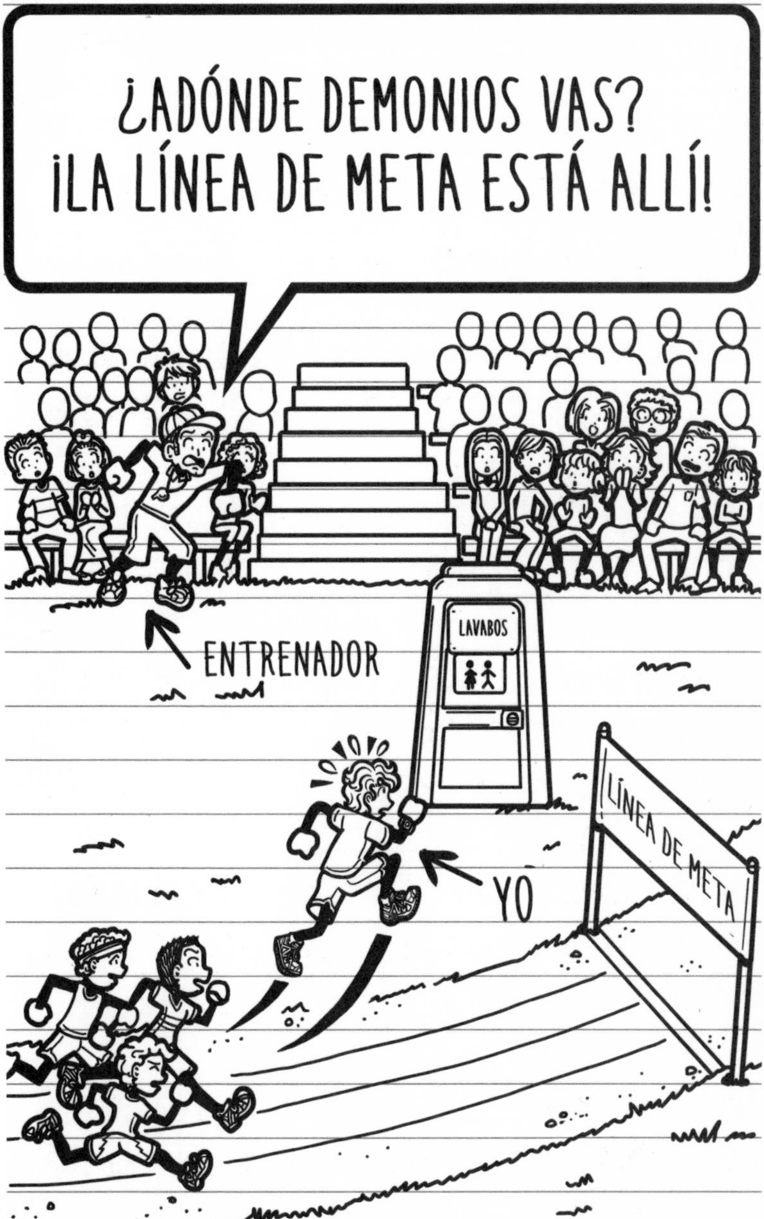
¿ADÓNDE DEMONIOS VAS?
¡LA LÍNEA DE META ESTÁ ALLÍ!
ENTRENADOR
LAVABOS
YO
LÍNEA DE META

O aquella vez en sexto, cuando estaba a punto de ganar el campeonato de ortografía del estado.

¡¡Mi problemilla arruinó incluso mi reputación de juerguista entre las chicas!!

¡LO SIENTO, ARIANA! ME ENCANTARÍA SENTARME CONTIGO A LA HORA DE COMER PARA HABLAR SOBRE TU FIESTA. PERO, AHORA MISMO, TENGO QUE IR A... BUENO... ¡A UN FUNERAL! MI POBRE ABUELA... ESTORNUDÓ, SE TRAGÓ LA DENTADURA Y SE ASFIXIÓ.

¡OSTRAS, MAXI PUES NO TE PREOCUPES POR MI FIESTA. ¡LE DARÉ TU INVITACIÓN A JACOB!

LAVABO DE CHICOS

LA CHICA MÁS POPULAR DEL INSTITUTO.

¡Exactamente! Me EXCLUÍ de la ÚNICA fiesta a la que me habían invitado en TODA mi vida.

¡PATÉTICO! ¿Verdad?

Pero mi madre es enfermera, y me dice que no me preocupe por los ataques antisociales de mi vejiga.

Me ha explicado que mi reacción es totalmente normal, y parte de la reacción innata de pelear o escapar que tanto humanos como animales usan para protegerse.

A veces, vacían la vejiga (e incluso los intestinos) para librarse de peso y PELEAR con sus enemigos o ESCAPAR de ellos.

Lo que me lleva a pensar en MI situación. Tal vez, si hubiera utilizado mi instinto natural de pelear o luchar, no estaría ENCERRADO dentro de mi taquilla.

Es decir, ¿y si las cosas hubieran ocurrido de forma muy distinta? Por ejemplo, así...

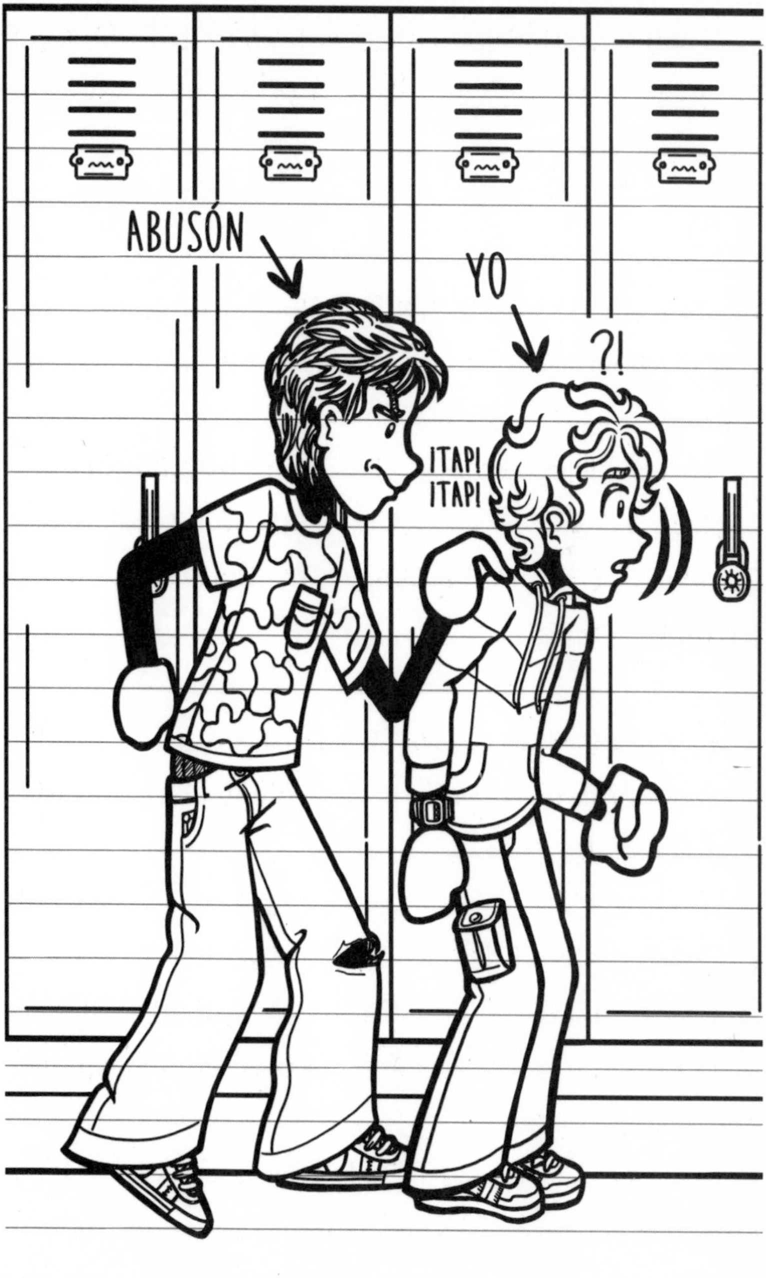
ABUSÓN
YO
?!
¡TAP!
¡TAP!

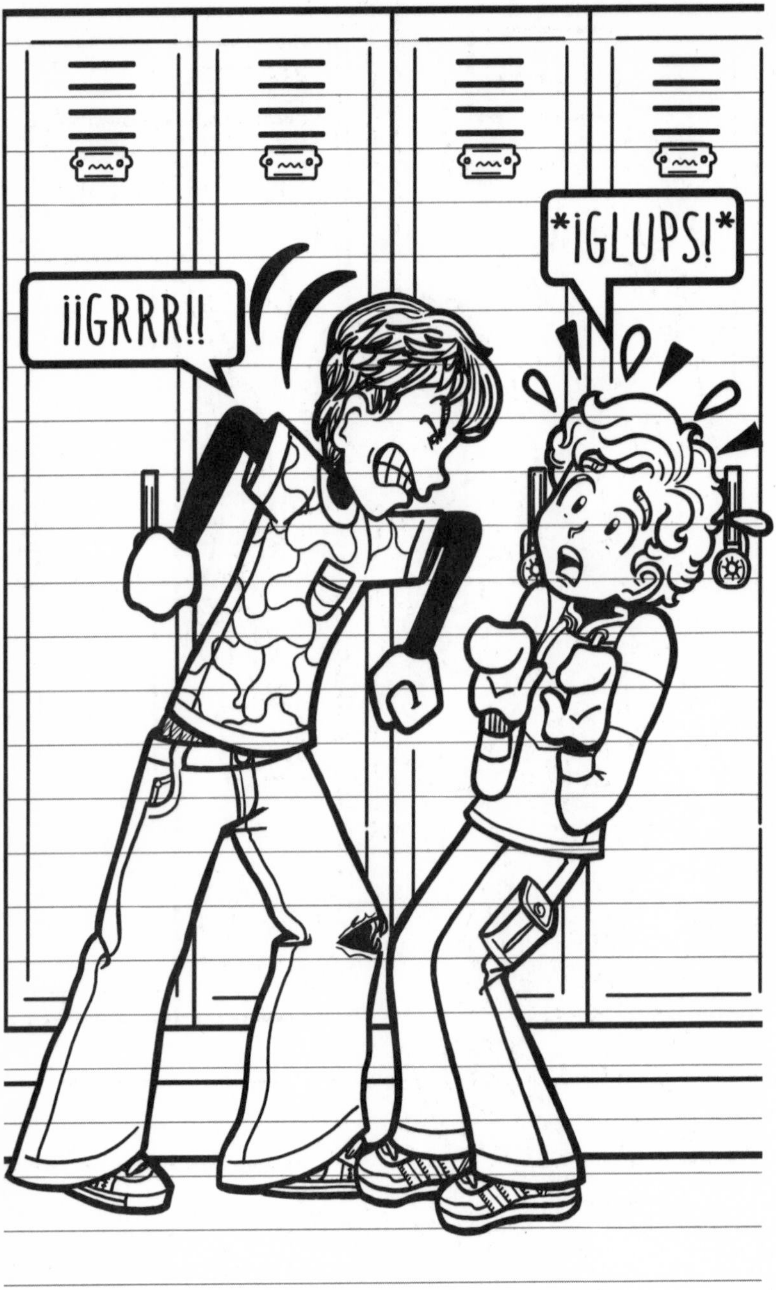
¡¡GRRR!!
¡GLUPS!

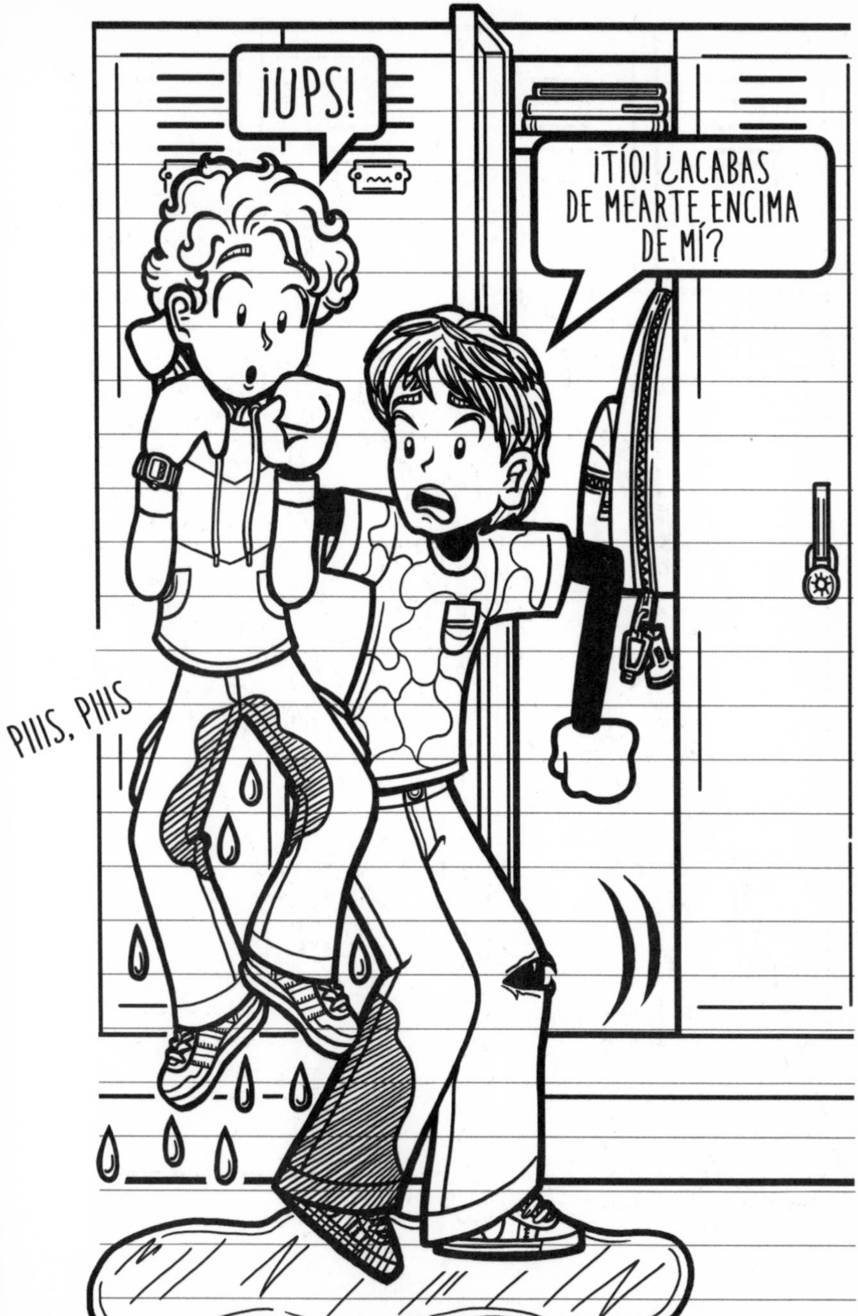
¡UPS!
¡TÍO! ¿ACABAS DE MEARTE ENCIMA DE MÍ?
PIIIS, PIIIS

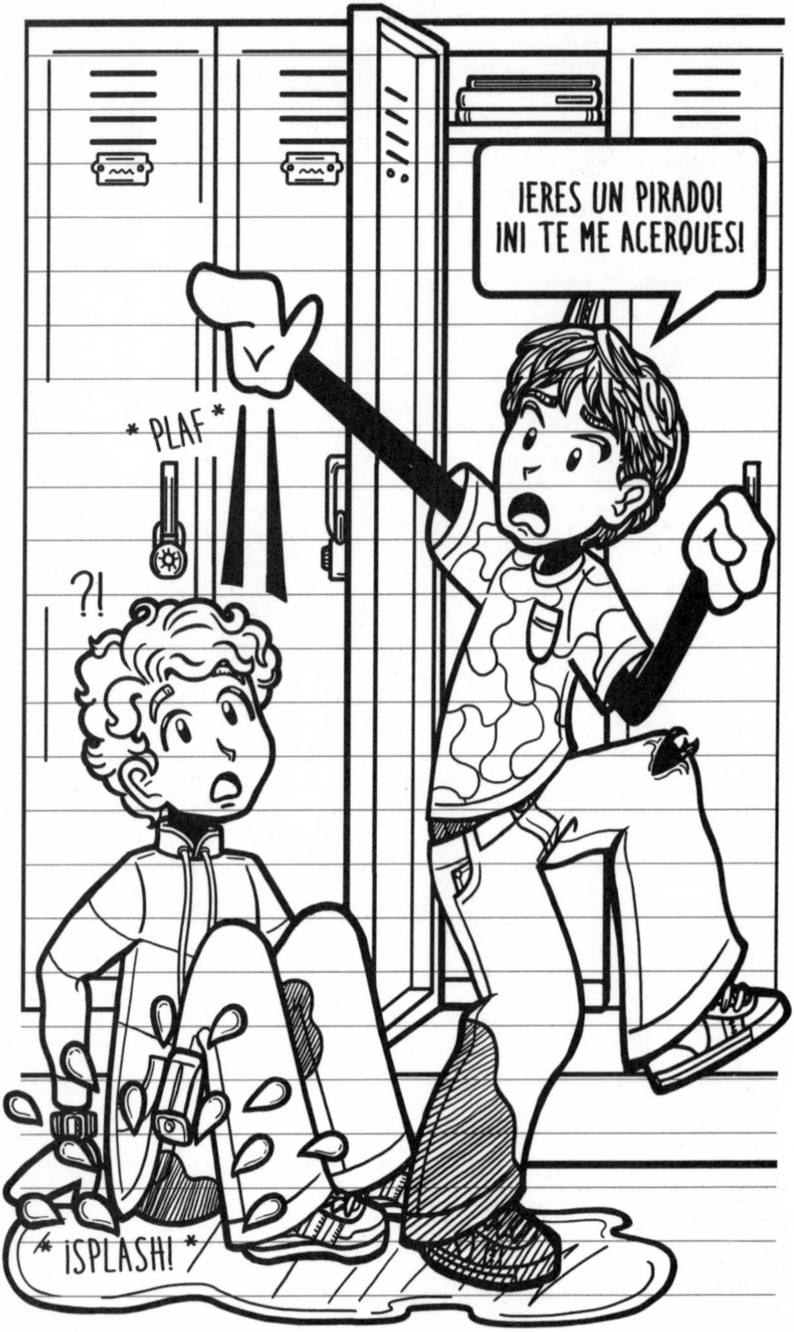
¡¡¡!!!
¡ERES UN PIRADO!
¡NI TE ME ACERQUES!
* PLAF *
?!
* ¡SPLASH! *

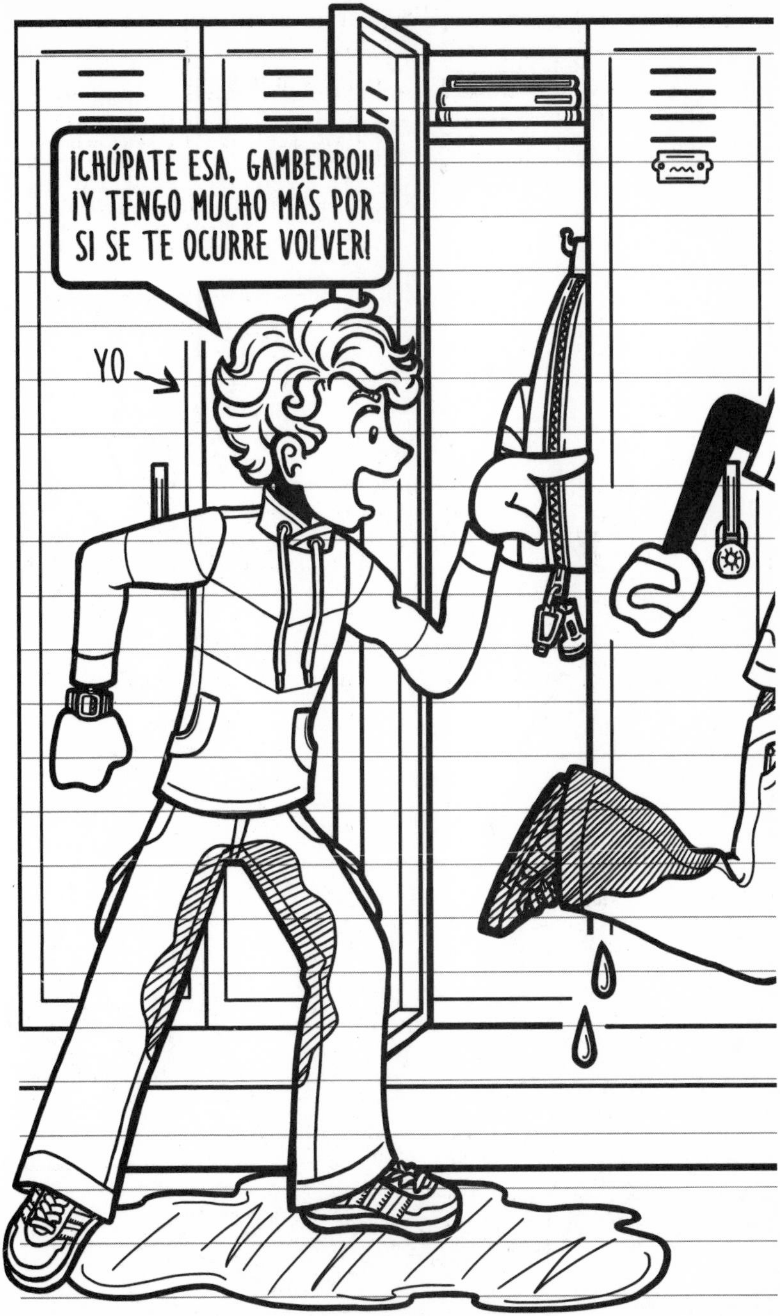
¡CHÚPATE ESA, GAMBERRO!! ¡Y TENGO MUCHO MÁS POR SI SE TE OCURRE VOLVER!
YO

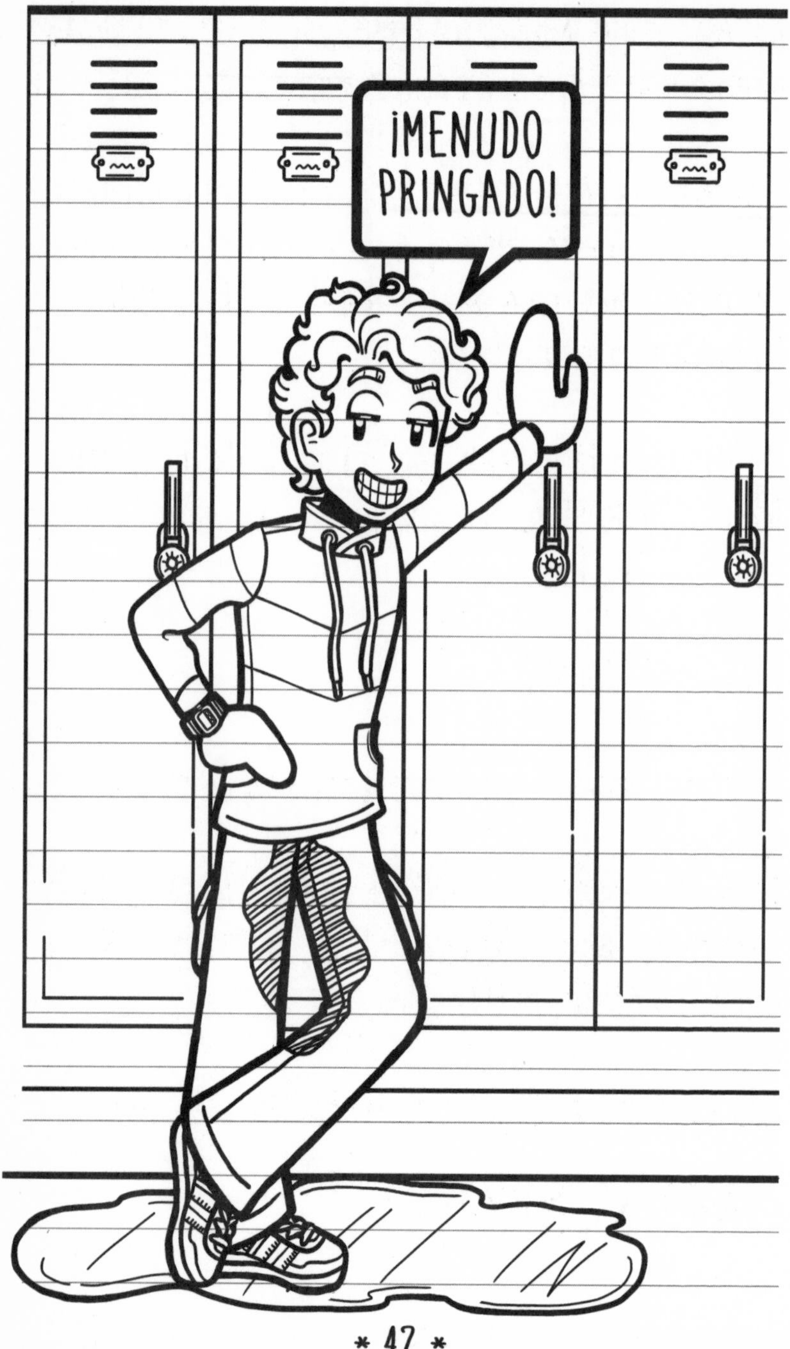
¡MENUDO PRINGADO!

Apuesto a que Abusón fliparía y se asustaría tanto que no volvería a molestarme de nuevo.

Y puede que incluso dejara de machacar a otros chicos, porque temería que yo me enterara y que volviera a ~~hacerme pis encima de él~~ DARLE UNA TUNDA como la última vez.

Me convertiría en el héroe del instituto de South Ridge, y todo el mundo querría ser mi amigo y juntarse conmigo.

¿No sería GENIAL?

Sí, claro, pero ¿a quién pretendo engañar?

Probablemente, en el insti simplemente se me conocería como el nuevo RARITO que se hizo PIS encima de Abusón Thurston.

Eso ayudaría a hundir mi reputación, sin duda.

¡PARA SIEMPRE!

5. POR QUÉ METO LOS PIES EN EL BOL DE PALOMITAS DE MI HERMANA

Tengo una colección enorme de cómics de superhéroes, y escribo y dibujo los míos propios.

No os voy a MENTIR. Me lo tomo MUY en serio.

He investigado mucho sobre lo que necesitaría para convertirme en un superhéroe, y resulta extremadamente complicado y bastante intenso.

Como, por ejemplo, el tema de los superpoderes.

Por desgracia, mi asombrosa capacidad, casi sobrehumana, de captar el olor a pizza a una manzana de distancia no salvará ninguna vida.

Y los dedos del PIE hiperflexibles, extralargos y que parecen garras que heredé de mi padre no me ayudarán a detener a ningún criminal. Sin embargo, unos dedos del pie raros pueden ser muy valiosos para conseguir comida cuando eres un aspirante a superhéroe en prácticas. ¿CÓMO?

Me basta con meter las pezuñas que tengo por pies en el bol de palomitas de mi hermana mayor, Megan, y preguntar inocentemente...

AQUÍ ESTOY YO, CONSIGUIENDO COMIDA CON MIS DEDOS DEL PIE SOBREHUMANOS (¡MIENTRAS TRAUMATIZO A MI HERMANA!).

Cuando lo hago, le doy TANTO asco que grita, me mira con desprecio y se va corriendo a su dormitorio a llamar a su supermejoramiga para desquitarse diciéndole que no me puede ver NI EN PINTURA.

Pero lo que importa es que deja el preciado bol de palomitas calientes, y con mantequilla, sin vigilancia y para MI disfrute. ¡ÑAM!

Otra cosa a la que no dejo de darle vueltas es a diseñarme un traje de superhéroe tan chulo que haga temblar a los villanos solo con verme.

COSAS QUE NO DEBÉIS HACER CON RESPECTO AL TRAJE DE SUPERHÉROE

1. NO compréis unos de esos disfraces baratos para críos que ponen de rebajas en la tienda de al lado de tu casa DESPUÉS de Halloween.

Nadie os tomará en serio como Superfantasma si lleváis un mantel de plástico con un par de ojos verdes y una pegatina roja en el pecho que dice «ÚLTIMAS REBAJAS».

2. NO dejéis que vuestra MADRE os haga un disfraz casero «supermono». Sobre todo si este incluye purpurina, plumas, cristalitos brillantes, más purpurina, lentejuelas, algo rosa, todavía más purpurina y/o botas de plataforma.

Por mucho que vuestra madre insista, NEGAOS a adoptar el apodo de Chico Superpurpurina; ¡aunque os diga que el disfraz es «tope de RADICAL»!

3. NO recicléis ninguno de los disfraces cutres VIEJOS que tengáis de Halloween. ¡JAMÁS! Recordad siempre una cosa: el reciclaje es para las latas y para las botellas de plástico. NO para trajes de superhéroe.

Aprendí la regla número 3 por las malas. Mi abuela se pasó dos meses cosiéndome el traje auténtico de un héroe que ella y millones de fans adoraban en 1964. Se hizo famoso por realizar movimientos sobrehumanos nunca vistos por la humanidad.

AÚN tengo pesadillas recurrentes y muy traumáticas con ese disfraz....

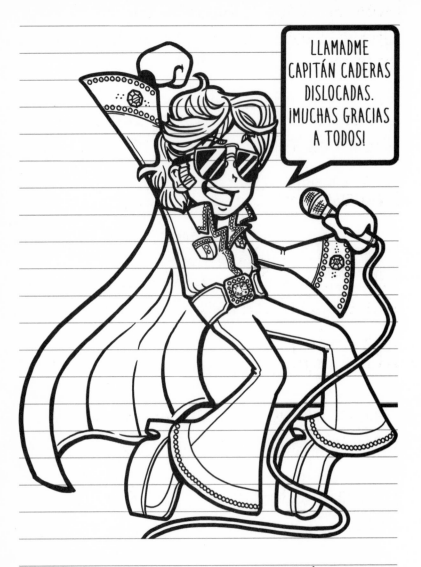

YO, CON MI DISFRAZ DE SUPERHÉROE DE ELVIS RECICLADO, SUPERROCANROLEANDO CON MI MICRÓFONO DE LA DESTRUCCIÓN.

¡¡AVISO!! No olvidéis nunca que los superhéroes son SUPERsusceptibles con todo lo que tiene que ver con sus trajes.

¿Tienes idea de cuánta gente ha MUERTO por BURLARSE del traje de un superhéroe?

Aproximadamente 7 civiles y 19 villanos.

El Hombre Electroestático llegó a ATACAR a su PROPIA MADRE con 10.000 vatios porque ella llamó sin querer a sus espinilleras ultrafinas de nailon:

¡¡PANTIS!!

Todos los superhéroes y allegados alucinaron, se quedaron en shock y se pusieron furiosos.

Ese acto atroz fue cruel e irrespetuoso a muchos niveles.

La buena noticia es que la MADRE del Hombre Electroestático no volverá a cometer ESE estúpido error de nuevo.

6. SÍ, ¡EL BATNIÑO ES MI HERMANO PEQUEÑO!

A ver, quiero a mi abuela tanto como cualquier nieto.

Pero estoy desesperado: tengo que aprender a apañármelas en el insti. ¿Que CÓMO de desesperado estoy?

Lo suficiente como para vender parte de mi valiosa colección de cómics y así poder comprarme ropa nueva para el primer día de clase.

He oído muchas veces que, en el instituto, no hay nada más importante que tu IMAGEN.

Decidí que iba a ser el chico más CHULO, GUAY, MOLÓN y ENROLLADO (y otros adjetivos modernos que, cuando leáis esto, ya estarán desfasados).

¡No me malinterpretéis! NO era un cambio de imagen, sino más bien una actualización de software virtual para MEJORARME.

¡Aquí tenéis a MAXWELL CRUMBLY 2.0! ¡¡EL REMIX!!

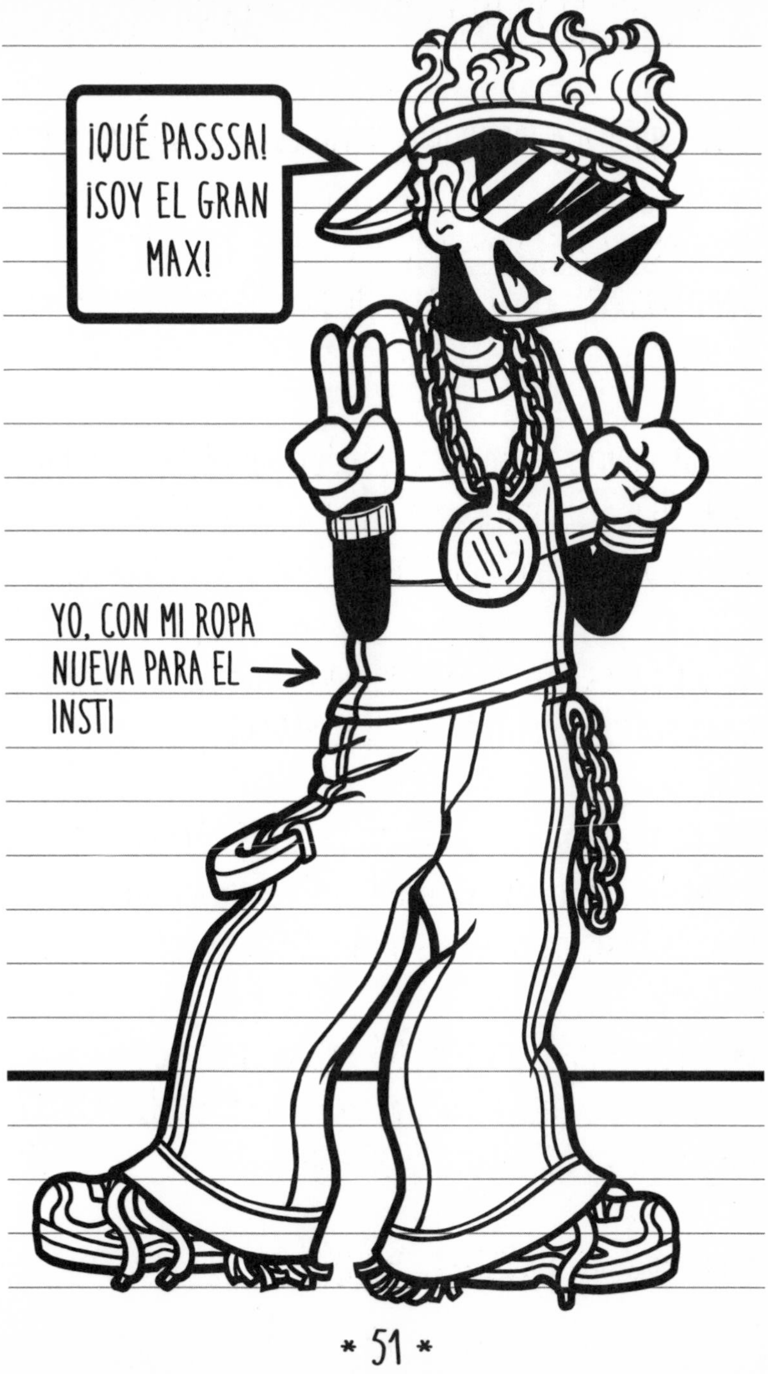
¡QUÉ PASSSA! ¡SOY EL GRAN MAX!
YO, CON MI ROPA NUEVA PARA EL INSTI

No tenéis NI IDEA de lo difícil que resulta ser moderno con una familia tan SOSA como la mía. Para empezar, mi MALVADA hermana me robaba la visera y las gafas de sol a todas horas.

Después mi MADRE se apropió de mi cadena de oro para lucirla en la fiesta de cumpleaños de su mejor amiga.

Después, tuve un problemilla con mi padre.

Vale. ADMITO que mis pantalones eran cinco tallas más GRANDES de lo que me tocaría.

Pero ise SUPONE que tienen que quedar caídos!

—Papá, estás de broma, ¿verdad? —le dije.

i¿Un padre y un hijo que comparten pantalones?! Lo siento, pero eso no está NADA bien. Por incontables motivos.

El golpe final lo dio mi hermano pequeño, Oliver.

Estuve ahorrando todo lo que pude durante un año y finalmente conseguí comprarme un par de zapatillas AIR JORDAN con mi propio dinero.

iMe ~~pillé un cabreo enorme~~ disgusté mucho cuando el enano decidió destrozarlas con un rotulador negro permanente!

Al parecer, Oliver está aprendiendo el abecedario. Pero obviamente NO ha pasado de las tres primeras letras.

MIS ZAPATILLAS DESTROZADAS

Tal vez sea cosa mía, pero ¿no os parece que todas esas caras de enfado que Oliver dibujó en mis zapatillas son un síntoma de un problema emocional escondido que se manifestará cuando llegue a la adolescencia?

Creo que el cura de nuestra iglesia también está algo preocupado por él. Como a mí, a Oliver le gustan los superhéroes. Pero él ha llevado su afición MUCHO más lejos que yo.

Y BIEN, ¿TENEMOS ALGUNA VISITA ESPECIAL
HOY? PUES SÍ, ¡VEO QUE TENEMOS UNA...!

Por supuesto, todos los niños (y algunos padres) estaban encantados al ver a quien creían que era un superhéroe de verdad, sentado en primera fila.

Así que, cuando acabó la misa, se formó una cola de fans que querían hacerse fotos con Oliver.

Tenéis que entenderme: NO resulta nada fácil ser el hermano del BATNIÑO.

En cualquier caso, cuando llegó el primer día de escuela, ya no me apetecía ponerme esa ropa nueva.

No podéis culparme. Mi familia había eliminado cualquier toque GUAY que hubiera tenido mi ropa para el insti. ¡Lo había ANIQUILADO!

Me sentí tan **FRUSTRADO** con la situación que me DESHICE de todos en uno de esos contenedores de reciclaje.

¡Y con TODOS me refiero a mis atuendos nuevos! ¡No a mi FAMILIA!

AQUÍ ESTOY YO, DONANDO MI ROPA
PARA LOS MENOS AFORTUNADOS.

Aunque, si os soy sincero, estaba tan ENFADADO con mi familia que me planteé seriamente tirarlos a ELLOS también al contenedor de ropa.

YO, DONANDO A MI FAMILIA A QUIEN QUIERA DARLE UN NUEVO HOGAR.

Tal vez algún día vuelva a intentar ponerme ropa de estilo rapero.

Pero, sin duda, será DESPUÉS de poner un candado enorme en la puerta de mi dormitorio.

No me malinterpretéis; por supuesto que quiero a mi familia.

Y con «quiero» me refiero a que el 49 % del tiempo NO siento el deseo de darles un puñetazo en la cara.

Pero quiero ser muy claro.

NO pienso compartir mis pantalones y mis cosas con ellos.

Lo siento, pero es demasiado... ¡¡¡FRIQUI!!!

7. BEBER ZUMO DE CIRUELA DE UN VASO DE PLÁSTICO ROJO

Prácticamente me había olvidado de que había donado toda mi ropa nueva para el insti a la caridad, pero una semana después, más o menos, mamá me obligó a acompañar a Oliver al parque que hay cerca de nuestra casa.

Y, mientras él jugaba, busqué un banco para leer el último cómic que me había comprado.

Pero, entonces, ALUCINÉ al ver a un anciano que estaba allí, pasando el rato, con un vaso de zumo de ciruela. Porque ¿adivinas qué llevaba puesto?

¡EXACTO! ¡MI ROPA NUEVA PARA EL INSTI!

Era como un Eminem de ochenta y tres años.

Creo que incluso las palomas estaban flipando, porque alrededor de nosotros se habían reunido unas seis y miraban fijamente al tipo como si fuera un montón de alpiste gigante o algo así...

¡LAS PALOMAS Y YO, FLIPANDO AL VER
A UN ANCIANO CON MI ROPA NUEVA PARA
EL INSTI!

Aunque todo esto ha sido algo traumático para mí, también resultó bastante inspirador. Ver a alguien feliz con mi ropa me hizo sentir bien. Bueno, ¡alguien que no fuera de mi familia, claro!

Cuando llegué a casa, escribí un rap genial sobre qué pasaría si yo fuera un rapero anciano de la vieja escuela. Y, de hecho, es el MEJOR que he escrito en la vida.

* *

ZUMO DE CIRUELA DE UN VASO DE PLÁSTICO ROJO (DEL RAPERO SUPERANCIANO MAX C.)

¡Hey! ¡Hey! ¡Hey!
Arriba esas manos,
preparaos para ver
al rapero más anciano.

Con mis rimas y mi marcha,
solo quiero pillar pasta.
¿Qué me cuentas, qué te cuentas?
La dentadura me da vueltas.

Si aparezco por la fiesta,
todo el mundo se menea.
Con mi rollo de malote
en mi silla voy a tope.

Y mis piños decorados
con diamantes encolados.
Llevo dientes de oro falso
¡que duermen en un vaso!

Si la verdad saber quieres
no escuches a quien miente.
Slim Shady está en su casa,
pero yo tengo rimas incendiarias.

Poco importa que me odiaran
que mis rimas no se paran
Y una cosa os diré:
¡Vaya! ¡Me olvidé!

Ahora, arriba los bastones,
que bailen como moscones.
Aunque pañales llevamos
somos los malditos amos.

Apuesta al bingo
toda la noche
y a los colegas grita:
¡pírate de mi porche!

Solo el tarro
podría perder.
Llevo zapas de cuero
con cierre de velcro.

Si el rap te mola
pierde la olla.
Tanto he bailado
que tengo los pies hinchados.

Me bebo un zumo de ciruela en vaso rojo.
Me he caído y estoy cojo.
¡Ayudadme!
No puedo levantarme..

¡Hey, hey, hey!
No me vaciléis.
¿Seréis raperos
como el Max C viejo?

* *

No quiero tirarme el rollo, pero este rap es
¡la CAÑA!

Personalmente, creo que podría tener una carrera
larga y mucho éxito como rapero hasta bien
entrados los ochenta.

¡Y ganaría un montón de PASTA también!

¡¡EN SERIO!!

8. PODÉIS LLAMARME POTA

No tengo ni la menor idea de por qué Abusón Thurston me ODIA tanto.

NUNCA le he hecho nada. Al menos no a propósito.

Bueno, supongo que el INCIDENTE de clase de gimnasia puede tener algo que ver.

Fue con el que me gané el mote de POTA.

Eh, no os riáis. En su momento, me asusté bastante.

Como decía, estábamos en clase de gimnasia y, ese día, tocaba trepar por la cuerda. Concretamente, había que subir casi diez metros, hasta el techo del gimnasio, tocar una campanilla y después bajar. Y todo eso en solo sesenta segundos.

Estaba muy nervioso porque ODIO las alturas...

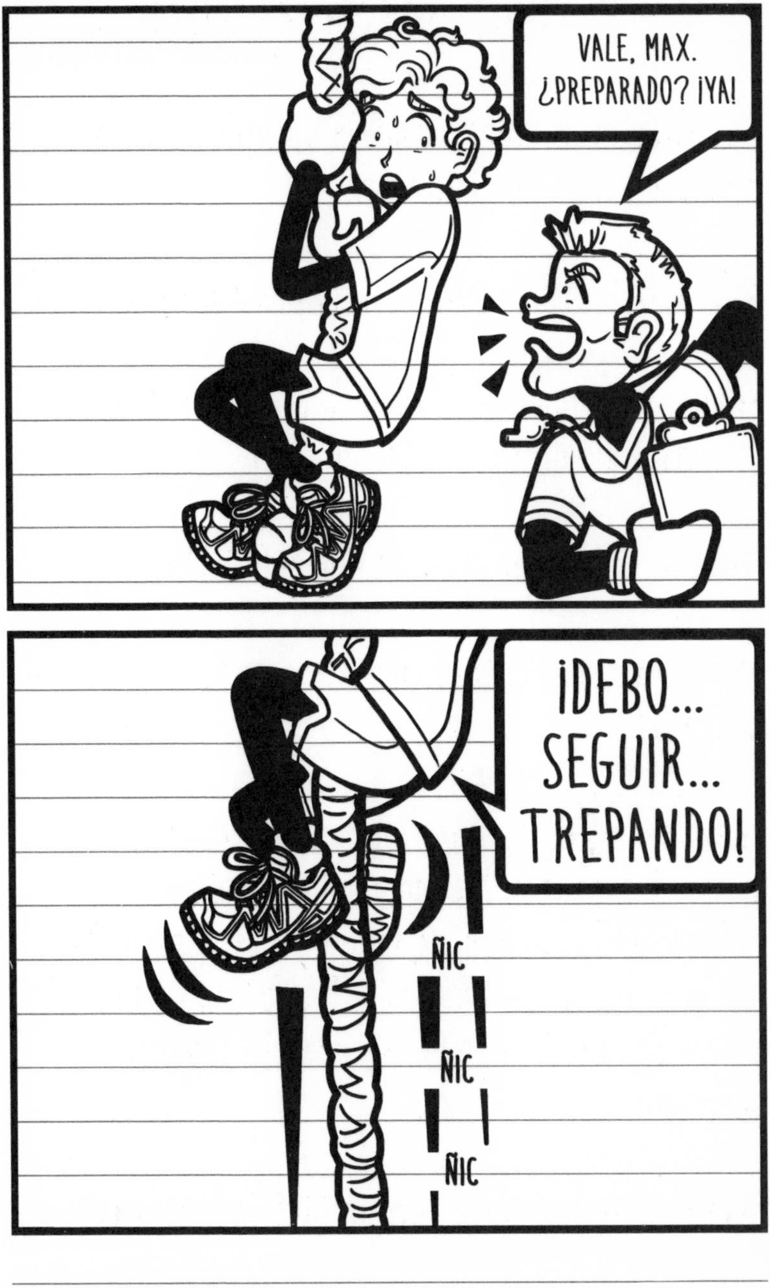
VALE, MAX. ¿PREPARADO? ¡YA!
¡DEBO... SEGUIR... TREPANDO!
ÑIC
ÑIC
ÑIC

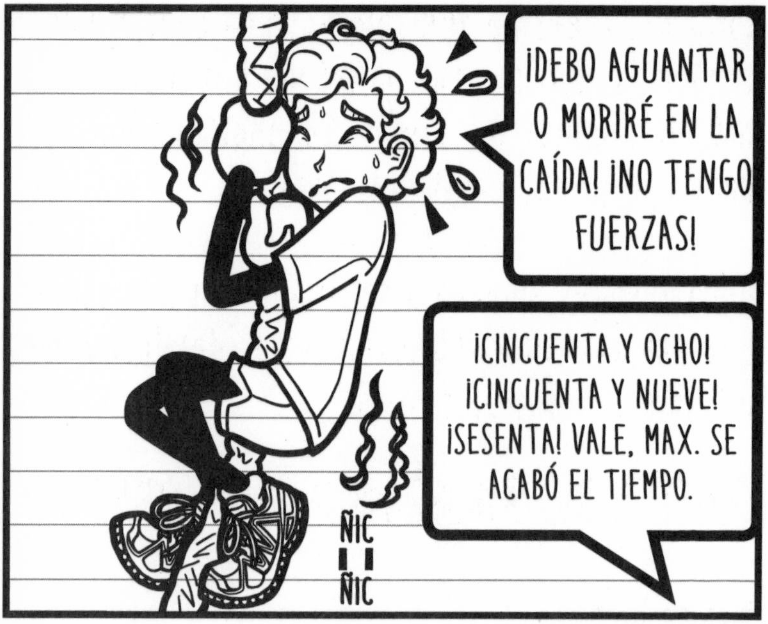
¡DEBO AGUANTAR O MORIRÉ EN LA CAÍDA! ¡NO TENGO FUERZAS!
¡CINCUENTA Y OCHO! ¡CINCUENTA Y NUEVE! ¡SESENTA! VALE, MAX. SE ACABÓ EL TIEMPO.
ÑIC ÑIC

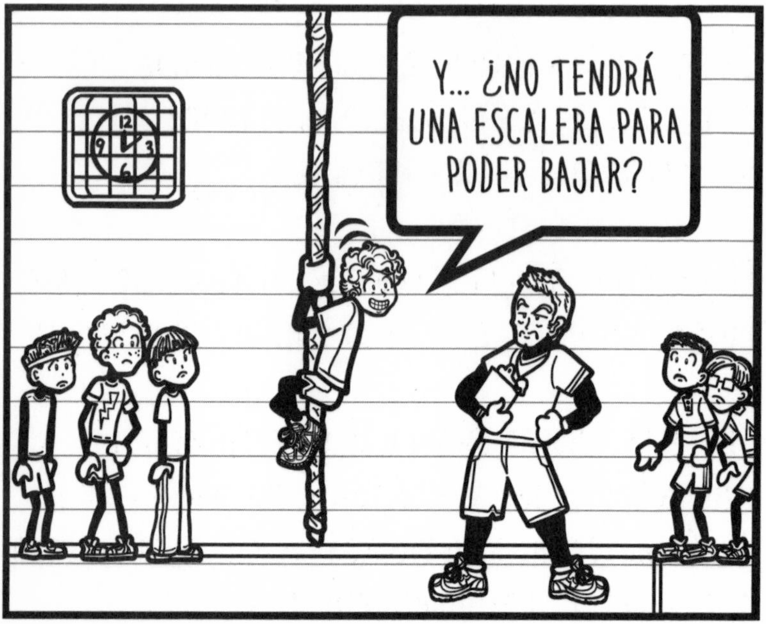
Y... ¿NO TENDRÁ UNA ESCALERA PARA PODER BAJAR?

No podía creerme que solo hubiera conseguido trepar 75 centímetros. ¡A mí me había parecido más de kilómetro y medio! Supongo que en realidad no necesitaba la escalera.

Pero después empecé a sentirme tan mareado que acabé VOMITANDO los cereales del desayuno allí mismo, en el gimnasio...

¡ENCIMA DEL PIE DE ABUSÓN THURSTON!

Fue de locos.

Se enfadó TANTO que casi podía ver humo saliéndole por las orejas, como si fuera un personaje de dibujos animados.

El profesor sacudió la cabeza con asco y se fue a buscar al conserje para que limpiara el estropicio.

Entonces, Abusón aprovechó para encararse conmigo, y se me acercó tanto que podía oler el TUFO del sándwich de mortadela, mostaza y huevo que se había comido para almorzar.

¡Te lo prometo! Olía tan mal que casi me hizo vomitar DE NUEVO.

Sobre su OTRO pie. ¡No EXAGERO!

Entonces, con un gruñido, dijo:

—Mira, PRINGADO. Tendría que arrancarte la cabeza, botarla en el suelo y... —Fingió lanzar a canasta una pelota imaginaria—. ¡BAM! ¿Qué te parecería, POTA?

NO me hizo gracia que se burlara de mí delante de toda la clase de gimnasia ni que me humillara así.

¡Eh! ¡Que yo me llamo Max Crumbly!

Por seguridad personal, decidí que sería buena idea responder TAMBIÉN al nombre de POTA.

—Lo de que me arranques la cabeza para jugar a baloncesto con ella... No sé... La verdad es que me siento bastante unido a ella. ¿Qué te parecería... arrancar otra cosa? —respondí nervioso.

ABUSÓN, ARRANCÁNDOME LA CABEZA
Y LANZÁNDOLA A CANASTA.

Toda la clase empezó a reírse por mi respuesta, que había sonado sarcástica sin querer. Y eso solo consiguió enfadar a Abusón todavía MÁS.

Lo que yo, de verdad, quería decirle era:

«¡Chaval, relájate! El vómito que hay sobre tu zapato es el menor de tus problemas. ¿Te has mirado últimamente al espejo? Porque tienes TANTO acné que parece que se te haya prendido fuego la cara y que alguien haya intentado apagarlo con un tenedor.»

Pero como soy una persona pacífica y muy alérgica a los golpes, pensé que, al menos, debería disculparme por empeorar nuestra disputa por accidente.

—Eh... ¡Lo...lo siento, colega! Ddde... de... verdad —dije tartamudeando.

—¡Pues a MÍ no me parece que lo sientas! —resopló Abusón.

Sin más, me cogió por el cuello de la camiseta y se puso a gruñirme, como si fuera un pitbull enfadado.

ABUSÓN, REALMENTE MOLESTO PORQUE LE VOMITÉ SOBRE LA ZAPATILLA.

Por suerte, el profesor de gimnasia volvió justo a tiempo y se quedó mirándonos como si supiera lo que estaba a punto de pasar.

Abusón me susurró unas palabras nada amables al oído y me empujó.

—¡THURSTON! ¡Ve a limpiarte la zapatilla! Y ¿por qué estáis los demás ahí parados como si esperarais un desfile? ¡Tres vueltas al gimnasio! ¡YA! —gritó el profesor, como un sargento instructor del ejército—. ¡Vamos! ¡Rápido!

¡Vale! Y ahora, a ver quién puede aclararme una duda... Si ya había vomitado los cereales, ¿POR QUÉ querría el profesor obligarme, A MÍ, a dar tres vueltas al gimnasio?

¡¡MENUDO IDIOTA!!

Pero no pensaba quedarme allí a discutir con ese tipo. Así que me tragué mis palabras y me puse a correr alrededor del gimnasio.

El desastre de la vomitona de cereales es probablemente la razón por la que Abusón me ODIA. Y ahora, aprovecha cada oportunidad que tiene para darme caza como a un animal y para hacerme la vida IMPOSIBLE.

Ya, ya lo sé. Probablemente estaréis pensando: «¿Por qué no denuncias a Abusón ante el director y acabas con esto? Lo castigarían o, incluso, podrían llegar a expulsarlo».

Para ser honesto, he pensado en hacerlo un millón de veces. Pero me preocupa que el director pueda decírselo a mis padres y que ellos no me dejen volver al insti.

Pero ¡me ha llegado un rumor esperanzador!

Ayer, en el almuerzo, oí que los padres de Abusón se van a divorciar. Así que cabe la posibilidad de que se mude a otra ciudad a final de curso.

¡Muy MALAS noticias para ÉL! ¡BUAAA! ¡Pero muy BUENAS noticias para MÍ! ¡YUJU!

Estaba TAN contento de que Abusón pudiera mudarse que hice mi ¡BAILE DE LA VICTORIA!

¡Abusón se MUUU-DA!

¡Abusón se MUUU-DA!

Así que ahora básicamente me enfrento a dos situaciones. O bien sobrevivo a:

¡UN año en el instituto de Secundaria de South Ridge con Abusón!

O tengo que aguantar:

¡CINCO ~~largos e insoportables~~ años estudiando en casa con mi abuela!

Me da igual que penséis que soy un chaval granudo, con afición a que le peguen, pero, llegados a este punto, elijo...

¡A ABUSÓN!

Lo siento, abuela.

9. CÓMO ME ROMPÍ LOS PANTALONES POR ACCIDENTE, ME GOLPEÉ LA RODILLA Y ACABÉ CON EL EGO MAGULLADO

Bueno, si esta escena saliera en alguno de mis cómics favoritos, estaría escrita así...

«Dejamos a nuestro héroe atrapado en las tripas oscuras y profundas de su taquilla, apresado allá, tal vez para toda la eternidad, por su malvado archienemigo, Abusón Thurston. Gracias a su astucia y pericia, nuestro héroe se comunica telepáticamente con una forma de vida alienígena cercana en un intento de conseguir ayuda.»

Vale, tal vez golpear desesperadamente la puerta de mi taquilla mientras grito histérico como un crío asustado NO sea exactamente ni un acto telepático ni algo heroico. Pero en cualquier caso... funcionó.

A través de las pequeñas rendijas en la puerta, vi a una chica sorprendida que se detuvo en seco. Entonces, se acercó con cautela a mi taquilla y se la quedó mirando con cara de perplejidad.

LAS VISTAS FABULOSAS DESDE
DENTRO DE MI TAQUILLA.

¡Gracias a Dios! ¡Ayuda! Pero cuando finalmente descubrí QUIÉN era, el corazón y los calcetines me dieron un vuelco. ¡Erin Madison! La chica más ~~guapa y~~ lista de mi curso, que era presidenta del club de informática ~~y la razón principal por la que quería unirme a él.~~

Mantuvimos una conversación realmente profunda en clase de ciencias la primera semana del curso.

Justo mientras entregaba mis deberes voluntarios sobre dinosaurios carnívoros (que se alimentan de carne) enormes, ella me sonrió y me dijo:

—¡Vaya! ¿Has dibujado tú esos dinosaurios? ¡Eres un artista con mucho talento!

Tras asegurarme de que no estaba hablando con otra persona, le sonreí embobado y asentí, sin poder decir una palabra.

Estaba muy nervioso y, no sé cómo, me las arreglé para tropezar con la papelera, caerme, romperme los pantalones y golpearme una rodilla con el suelo. No pude evitar gritar:

—¡Ay! ¡Porras! ¡Qué daño!

Por supuesto, Abusón y la mayoría de los chicos de mi clase se rieron y me llamaron PATOSO.

¡Estaba MUY avergonzado y humillado! ~~Quería meter la cabeza en la papelera, salir arrastrándome de la clase hasta el baño y TIRARME A MÍ MISMO al retrete.~~

—¡Vaya! ¿Estás bien? —había exclamado Erin mientras me ayudaba a levantarme.

Asentí, me tapé el agujero que se me había hecho en la parte trasera de los pantalones ~~(que dejaba a la vista los calzoncillos con el logo oficial de Superman, comprado en eBay, convencido de que algún día valdrían mucho dinero)~~ con el libro de ciencias y me marché cojeando tan rápido como mi dolorida rodilla me lo permitía. ¡Sí! ¡Yo solo me puse en RIDÍCULO!

Así que fue toda una sorpresa que Erin se detuviera a hablar conmigo pocos días después. ¡Todo fue sobre ruedas! Durante unos quince segundos...

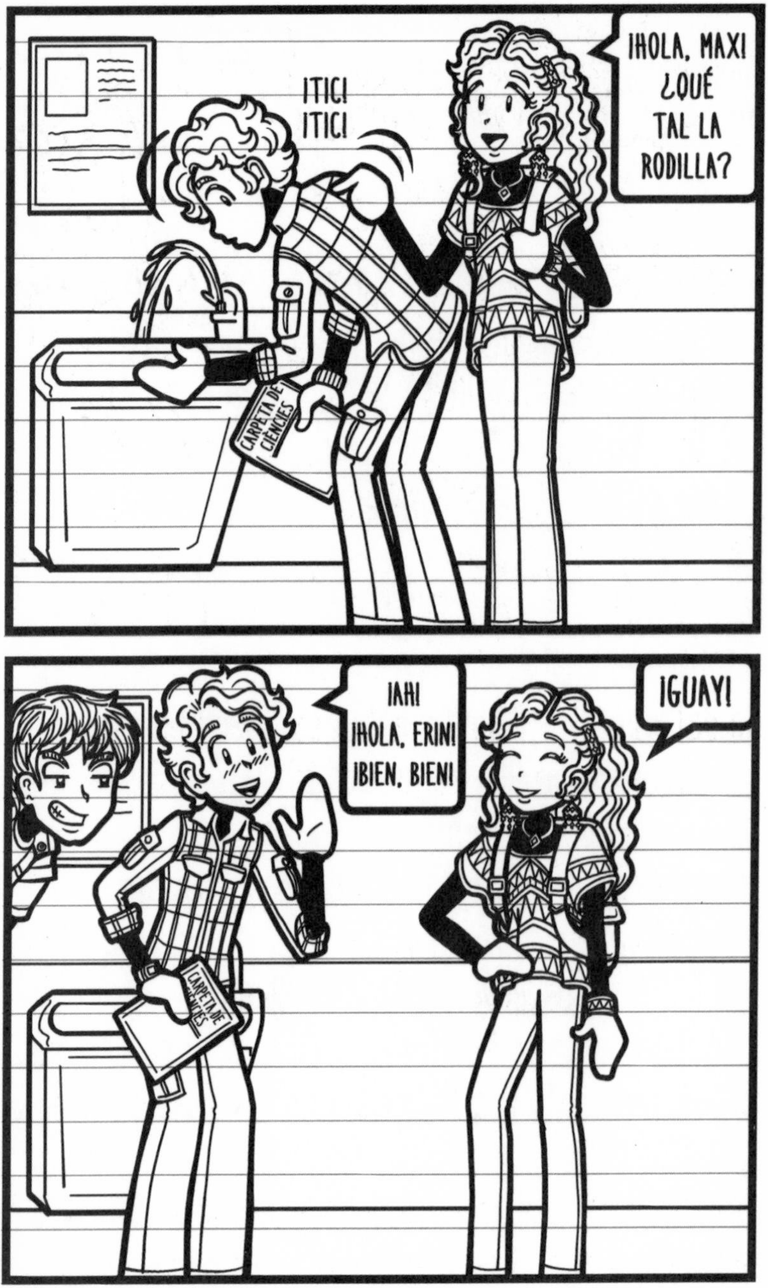

¡TIC! ¡TIC!
¡HOLA, MAX! ¿QUÉ TAL LA RODILLA?
CARPETA DE CIENCIAS
¡AH! ¡HOLA, ERIN! ¡BIEN, BIEN!
¡GUAY!
CARPETA DE CIENCIAS

No daba crédito: Abusón había salido de la nada y me había empujado. Así, sin más.

Se me cayó la carpeta de ciencias y salieron volando papeles por todas partes.

Erin iba a echarle la bronca a Abusón, pero este se disculpó y fingió que todo había sido un accidente.

Incluso llegó a decirle a Erin que le encantaba su camiseta y que el magenta era su color favorito.

¡SÍ, CLARO!

¡Pero si ese tío ni siquiera sabe cómo se ESCRIBE
«magenta»!

Ver a Abusón intentar ligar con Erin era muy
molesto. Así que fue todo un alivio que se largara.

En cualquier caso, Erin se ofreció a ayudarme a
recoger todos los papeles que se me habían caído.
Pero me puse SUPERnervioso...

Empecé a amontonar los papeles tan rápido como pude y fui metiéndolos en la carpeta de cualquier manera, antes de que Erin pudiera ver mis dibujos.

Porque... ¡FUERA DE BROMAS! Me MORIRÍA DE VERGÜENZA, de verdad, si veía cierto dibujo secreto que había hecho días antes, a la hora del almuerzo.

¿Cómo? ¿Quieres saber qué era?

¡Pues nada de tu INCUMBENCIA!

Bueno, ¡VALE! Lo confesaré. Se trataba de un dibujo de... ¡ERIN!

Y, por supuesto, no quería que ella ~~supiera~~ pensara que yo era un DESEQUILIBRADO que andaba por ahí dibujando a gente a escondidas.

Sin embargo, me sentí cubierto de un sudor frío y casi tuve un ataque de pánico cuando Erin recogió la ÚLTIMA hoja de papel que quedaba.

Y era (sí, lo has adivinado)...

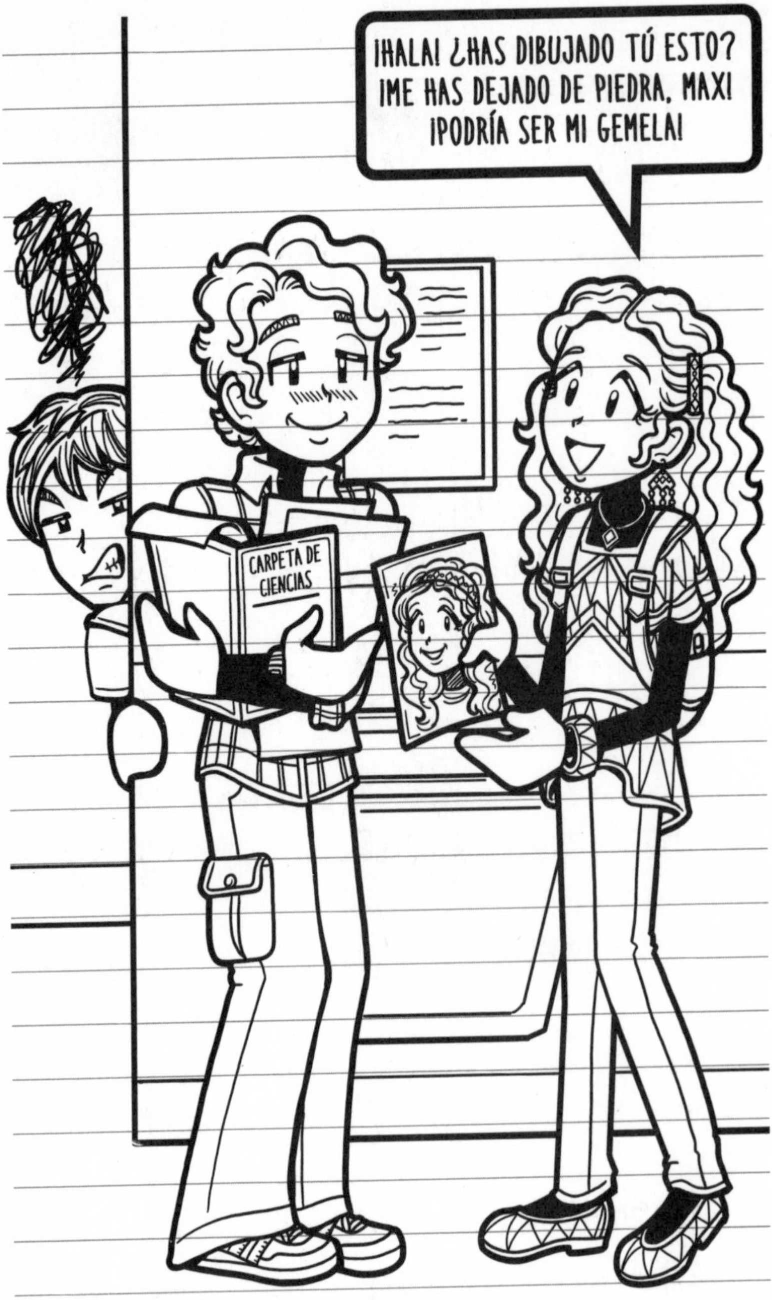
¡HALA! ¿HAS DIBUJADO TÚ ESTO? ¡ME HAS DEJADO DE PIEDRA, MAX! ¡PODRÍA SER MI GEMELA!
CARPETA DE CIENCIAS

Mientras Erin volvía a mirar el dibujo, rápidamente ~~se lo arranqué~~ lo recuperé de sus manos y lo guardé en mi carpeta.

—Vaya, tienes razón. ¡Desde luego que PODRÍA ser tu gemela! Qué coincidencia tan extraña. —Me encogí de hombros y cambié de tema de inmediato—. Gracias por el cumplido. Me gusta mucho dibujar.

—Oye, ¿por qué no te presentas al concurso de arte contemporáneo? Es el mes que viene, creo. Se celebra en todos los institutos.

Brandon ya me había sugerido lo mismo.

Me había dicho que tenía un gran talento y que era «casi» tan bueno como su amiga Nikki, que participaría en el concurso de arte de su instituto.

Me da la impresión de que está algo colado por esa chica, pues habla de ella TODO el tiempo.

Así que, en mi opinión, no puede ser imparcial sobre quién es mejor artista. Yo ahí lo dejo.

—Mira, Max, sé que te lo digo con muy poco tiempo, pero ¿te apetecería pintar unos decorados para la obra del insti? Vamos a representar *La princesa del hielo*, y yo actuaré. Pero además soy la directora y la regidora de escena. Y a menos que encontremos algo de ayuda, probablemente acabaré teniendo que encargarme de más cosas. Supongo que también podría hacer de público —bromeó ella.

—Pues sí, parece que tienes muchas cosas entre manos —dije.

—¡Ni que lo digas! Mi madre y yo acabamos mi disfraz justo ayer. Y si las cosas no mejoran, nuestro tutor dice que podríamos tener que cancelar la obra este año —dijo Erin con cierta frustración.

—¡¿Cancelarla?! Eso ni hablar. Nunca he pintado decorados, pero parece divertido —dije.

—¡Genial! Me vendría bien tu ayuda. ¿Podemos vernos después de clase hoy, en la sala de teatro? Yo llevaré todas las pinturas y el material.

—¡Guay! Tengo muchas ganas —dije sonriendo.

—¡Vale! Pues adiós, Max. Y un millón de gracias por aceptar ayudarme.

—¡Claro! Gracias por pedírmelo. Adiós, Erin —dije mientras la observaba alejarse por el pasillo.

No podía creer que, por fin, hubiera hecho mi primer amigo en el instituto de South Ridge.

¡¡Y además era Erin Madison!! ¡MOLABA lo que más!

Con una gran sonrisa bobalicona en la cara, me di la vuelta para marcharme a clase, y...

¡BAM!

Abusón se estrelló contra mí. ¡DE NUEVO!

Fue como darse contra un muro de ladrillos. Un muro de ladrillos muy TONTO.

Tenía la impresión de que encontrarme con ese

chico empezaba a convertirse en una costumbre realmente NEFASTA.

—¡Aparta de mi camino, POTA! —me gritó—. ¿O quieres pelea? Porque si es así, estaré encantado de darte una buena TUNDA después de clase hoy. En cuanto acabe mis horas de castigo.

—De hecho, Ab..., quiero decir, Doug, tú te has chocado CONMIGO —expliqué.

—¡Espera un minuto! ¡¿Crees que YO tengo la culpa?! —respondió Abusón con una risa burlona.

—No, solo intentaba explicar cómo...

—¡CÁLLATE, POTA! Ya le explicarás todo eso después de clase... ¡a mi PUÑO!

Entonces, me empujó y se marchó.

No tenía ni la menor idea de a santo de qué venía toda esa LOCURA.

Pero, definitivamente, resultaba extraño cómo Abusón había estado merodeando TODO el tiempo que había pasado hablando con Erin. ¡Y, de repente, caí en la cuenta! A Abusón ~~también~~ le GUSTABA Erin.

¡ABUSÓN ENAMORADO!

De una cosa estaba seguro: por mucho que Abusón me hubiese citado, no tenía ninguna intención de dejar tirada a Erin después de prometerle que la ayudaría.

Y mucho menos, después de que me dijera que la obra ya estaba en peligro de cancelación.

* 93 *

10. ¡LA ABUELA SE ASFIXIA CON LA DENTADURA! (OTRA VEZ)

Vale, me has pillado. ¡Era MENTIRA!

No tenía ninguna intención de DEJAR TIRADA a Erin, HASTA que esa tarde oí a unos cuantos jugadores de fútbol hablar sobre la «enorme pelea que habrá hoy en el insti».

E iba a ser entre ABUSÓN y un chico nuevo llamado ¿MAX *CUTRE*?

¡FANTÁSTICO!

Algunos días te toca ser el INSECTO, mientras que otros eres el parabrisas.

Y, por desgracia, ese día yo iba a ser el INSECTO.

Por mucho que quisiera ayudar a Erin, debía evitar los problemas con Abusón o me arriesgaba a que mis padres no me dejaran seguir yendo al instituto.

Así que no me quedaba más remedio que ~~decirle la verdad a~~ hablar con Erin y darle la PÉSIMA NOTICIA...

Ya sabéis, ESA noticia...

La de que no podía quedarme después de clase para ayudarla porque mi abuela había estornudado, se había tragado la dentadura y se había asfixiado.

Y claro, ¡tenía que ir directamente a casa para asistir a su FUNERAL!

Cuando llegué a la sala de teatro, no pude evitar fijarme en que Erin parecía algo desanimada.

Y no dejaba de mirar el reloj con angustia.

Por supuesto, llegaba algo tarde.

Pero, por favor... ¡No saquemos las cosas de contexto!

~~¡Tampoco es que fuera a ayudar a Miguel Ángel a pintar la CAPILLA SIXTINA!~~

ERIN, ¿ESPERANDO A QUE YO APAREZCA?

Lo último que Erin necesitaba era ~~que la dejara~~ ~~tirada porque era demasiado COBARDE para~~ ~~plantarle cara a Abusón, y que le MINTIERA~~ más DRAMAS en su vida.

Con un AMIGO como yo, ¿quién necesita ENEMIGOS?

Así que, en lugar de usar una excusa patética e intentar hacerle creer que mi abuela se había tragado la dentadura, decidí simplemente irme a casa antes de que Abusón pudiera pillarme.

Y si me daba prisa, tal vez todavía podría coger el autobús.

Probablemente penséis: «Chico, ahora mismo no me caes nada bien. Y eso que tampoco me habías dado muy buena impresión al conocerte...».

Estoy completamente de acuerdo con vosotros. Porque en ese momento, yo tampoco me caía bien.

Pero, al final, NO PUDE marcharme sin más y dejar a Erin colgada cuando contaba conmigo.

Y sí, TAMBIÉN sabía que, probablemente, no podría marcharme caminando después, cuando Abusón me hubiese roto ambas piernas.

Llamé a la ventana, sonreí y saludé a Erin.

Con un poco de suerte, si Abusón iba a buscarme a la sala de teatro, cuando viera a Erin, se olvidaría de la pelea e intentaría impresionarla FARDANDO de algún otro color que desconociera.

Erin me sonrió con tristeza cuando abrí la puerta.

—Gracias por venir, Max. Pero, en realidad, ya no necesito tu ayuda. Así que ya puedes irte —me dijo, mientras sorbía la nariz y se secaba los ojos.

—¡Siento mucho llegar tarde! Pero... ¿estás bien?

—Sí, claro, supongo. Es que acaban de darme malas noticias.

—¿En serio? ¿Qué ha pasado? —pregunté preocupado.

—La verdad es que ahora mismo no me apetece hablar del tema, ¿vale? Pero gracias por venir. Ya nos veremos.

—Claro, Erin. Si hay algo que pueda hacer...

—No, ¡NO LO HAY! Por favor, déjame tranquila.

¡¡QUÉ CORTE!!

—Eh... vale —dije con resignación.

Entonces, di media vuelta y salí de la sala.

Y eso fue todo. ¡Mi amistad con Erin Madison apenas había durado medio día!

En ese momento, solo estaba seguro de dos cosas.

¡NO entendía a las CHICAS! ¡EN ABSOLUTO!

Y, además, tenía exactamente cuarenta y ocho segundos para subir mi TRASERO al autobús si quería llegar a casa de una pieza.

11. ¡¡AVISO!! ¡TEN CUIDADO CON EL VAMPIRO RARITO DE LA TAQUILLA!

Me pasé el resto de la semana evitando a Erin como si fuera una desagradable enfermedad contagiosa.

¡Dejadme que os lo explique!

~~No es porque AÚN me gustara, ni nada parecido.~~

No penséis que en ALGÚN MOMENTO ella me había interesado. Ni mucho menos. ¡Si apenas la CONOCÍA!

Aunque, alguna vez SÍ la pillé mirándome un par de veces en clase ~~porque yo LA estaba mirando.~~

O probablemente haya sido mi imaginación.

En cualquier caso, AHORA sabes por qué me quedé tan traumatizado cuando me di cuenta de que, de todas las personas posibles, la que estaba allí era Erin.

Por desgracia, estaba a punto de ponerme en ridículo OTRA VEZ

¡YO, ASUSTANDO A ERIN SIN QUERER!

Al verla en guardia delante de mi taquilla, me pegué al fondo, cerré los ojos y contuve el aliento.

Siempre podía fingir que en realidad NO ESTABA allí, y que NO HABÍA pedido auxilio a gritos, como un chiflado, tan solo unos segundos antes.

A lo mejor Erin pensaba que se lo había imaginado y se marchaba.

—¿Hola? ¿Hay alguien ahí? —preguntó nerviosa.

Silencio incómodo.

Erin echó un vistazo a su espalda, temiéndose que la estuvieran grabando para una broma de la web del cole o algo así.

—Esto... ¿Acaba de pedir ayuda alguien?

Más silencio incómodo. Erin se cruzó de brazos y se mordió el labio.

Casi podía oír los engranajes de su cerebro mientras trataba de descifrar lo que estaba pasando.

Miró hacia atrás para comprobar que nadie la miraba y levantó el puño lentamente.

¡TOC, TOC!

¡No me podía CREER que Erin hubiera LLAMADO así a la puerta de mi taquilla!

Lo malo es que solté lo primero que se me pasó por la cabeza, de lo que me arrepentí al instante.

—¿Sí?... ¿QUIÉN ES?

Erin pareció sorprenderse ante mi respuesta.

Porras, hasta a mí me sorprendió mucho.

—¡Soy yo, Erin! Pasaba por aquí y... ¡Un momento! Esto no será una broma, ¿verdad? —quiso saber bastante molesta.

—No.

—Escucha, voy con prisa, así que no tengo tiempo
para estar aquí hablando con un bicho raro
metido en una taquilla. Si ese es tu rollo, por mí
estupendo. Solo quería asegurarme de que estabas
bien, porque hace un minuto pedías ayuda a gritos.

Suspiré y me aclaré la garganta.

—Pues... sí. Creo que estoy bien. ¡Pero necesito salir
de aquí con urgencia!

—¡De acuerdo, iré a buscar ayuda! Al director, o a
un profesor, o puede que al conserje. ¡Quien sea! Tú
quédate aquí hasta que vuelva, ¿vale?

—¿DÓNDE iba a ir? Estoy ATRAPADO aquí dentro.

—¡Perdón! Solo intento ayudar...

—Podría darte mi combinación. Me da igual, con tal
de que abras esa estúpida puerta —murmuré.

—Puedo intentarlo, aunque me cuesta abrir mi PROPIA taquilla —respondió Erin mientras le daba unas cuantas vueltas al disco—. ¡Estoy lista! ¿Cuál es?

—Treinta y ocho, doce, siete —dije.

Ella miró el cerrojo fijamente, muy concentrada.

—Treinta y ocho, doce, siete —repitió.

Y entonces...

¡CLIC!

Contuve la respiración mientras Erin abría lentamente la puerta de la taquilla.

Las luces brillantes del pasillo me bañaron, cegándome durante un momento.

Parpadeé y guiñé los ojos.

Erin, en cambio, sin salir de su asombro, abrió los suyos como platos...

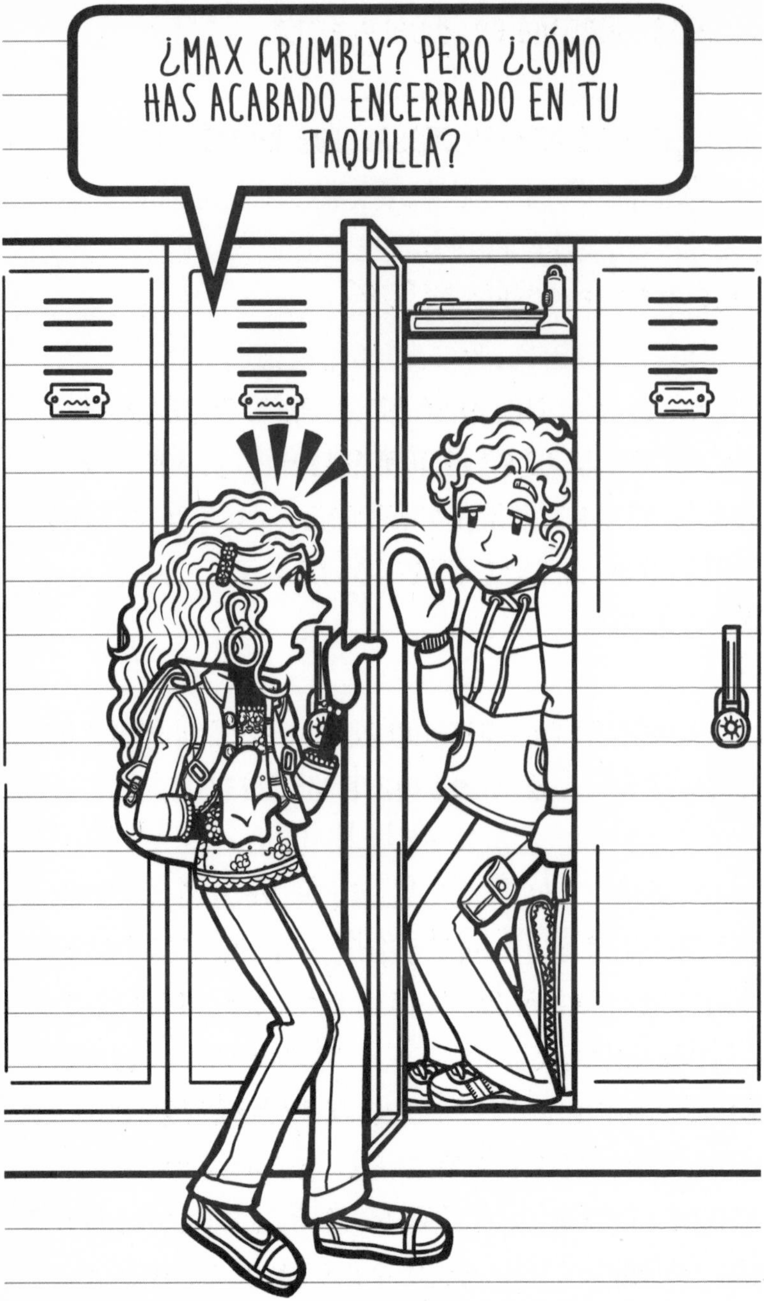
¿MAX CRUMBLY? PERO ¿CÓMO HAS ACABADO ENCERRADO EN TU TAQUILLA?

Me puse colorado de la vergüenza.

—Verás... ¿te puedes creer... que ha sido un accidente?

—¡Un accidente! Pero ¿CÓMO?

—Pues, estaba buscando mi ..., esto, mi libro de mates, me he caído al agacharme y, bueno..., la puerta se ha cerrado no sé cómo y me he quedado dentro. Eso es exactamente lo que ha pasado. Más o menos...

Erin me miró con incredulidad, como si llevara un moco de dos kilos colgando de la nariz.

—¿En serio? ¡Por favor, Max! ¿De verdad esperas que me crea eso? —Entonces puso los ojos tan en blanco que pensé que iban a salírsele y empezar a rodar pasillo abajo—. Mira, no quiero meterme en tus asuntos, pero si alguien te ha hecho esto, tienes que denunciarlo, por tu propio bien. Si no, ¡eso de acechar desde tu taquilla como una especie de... vampiro rarito es un peligro! Te recomiendo buscar ayuda psiquiátrica, ¡PRONTO! Por lo menos, habla con el orientador del insti o algo así. Ahora de verdad que tengo que irme. Creo que me he dejado una cosa en la biblioteca, y mis padres se van a poner como locos si no la encuentro. Adiós.

Se dio media vuelta y se fue corriendo por el pasillo.

—¡Erin, espera! Te... quería decir que sigo estando dispuesto a ayudarte con la obra. Puedo quedarme después de clase la semana que viene. Y pinto muy rápido, así que...

Erin se detuvo y se volvió para mirarme.

—Gracias, Max. Pero la obra... se ha... cancelado —replicó, y bajó la mirada.

—¡Ah, no lo sabía! Lo siento mucho —masculló, deseando haberme mordido la lengua.

—Bueno, hice todo lo que pude. Además, siempre queda el año que viene. —Se encogió de hombros—.

Supongo que te debo una disculpa por cómo te traté. Mi orientador acababa de darme la mala noticia y estaba un poco enfadada. Pero eso no es excusa.

—No pasa nada. —Sonreí—. Solo intentaba ayudar.

Entonces, los dos nos quedamos ahí parados, mirándonos el uno al otro sin decir nada.

¡¡QUÉ INCÓMODO!!

Estuve a punto de mencionar que estaba considerando unirme al club de informática cuando Erin rompió el silencio al fin.

—Bueno, pues ¡ten cuidado! Y no sigas quedándote encerrado en las taquillas por accidente, porque es RARO DE NARICES. Nos vemos.

La miré mientras desaparecía por el pasillo.

¿Erin acababa de llamarme...

RARO DE NARICES?

¡Sí! ¡Claro que sí!

Bueno, entonces ¿por qué de pronto tenía ganas de VOLVER a esconderme en mi taquilla y cerrar la puerta de golpe?

Suspiré y cogí la mochila.

Al mirar el reloj que había junto a la oficina principal, me invadió una sensación de espanto y se me revolvió el estómago.

Había llegado al insti veinte minutos tarde y había pasado casi otros veinte encerrado en la taquilla, lo que quería decir que me había perdido casi toda la primera hora de mates.

No tenía más remedio que moverme rápido para volver a la oficina y pedir un SEGUNDO justificante.

¡Por llegar aún MÁS tarde...!

AQUÍ ESTOY YO, PIDIENDO UN SEGUNDO JUSTIFICANTE.

Y, como probablemente me había perdido el examen de mates, iba a suspender, y mis padres se iban a enterar.

Pero eso no era tan horrible como el hecho de que Erin, la ÚNICA persona de todo el insti que se había molestado en hablar conmigo las dos últimas semanas (bueno, aparte de Abusón), pensaba que era una especie de VAMPIRO RARITO DE TAQUILLA.

Odiaba reconocerlo, pero quizá Erin tuviera razón en lo de contarle mi problema con Abusón Thurston a alguien.

Y como ya estaba en la oficina, igual podía saltarme la clase de ciencias y pedir cita con la señora Robinson, la orientadora.

Después de explicarle lo que me había pasado en clase esa mañana, seguramente me daría un permiso especial y una autorización para hacer el examen de mates.

¡Todo iba a salir bien!

¡HASTA QUE Abusón descubriera que lo había delatado!

¡Y ME ROMPIERA LOS DOS BRAZOS!

Ese sería el golpe definitivo para que mis padres me sacaran del cole y me pusieran a estudiar en casa con la abuela hasta acabar el instituto.

De pronto, estar encerrado en la taquilla parecía el MENOR de mis problemas.

¡Y ni siquiera se había terminado la primera hora de clase!

¡Y el día ~~ya se había ido a la PORRA~~ no iba bien!

12. ¿PREPARANDO EL CIERRE?

Por suerte, me las arreglé para no cruzarme con Abusón durante el RESTO del día.

Así pues, cuando por fin sonó la campana a las tres de la tarde, decidí que lo mejor sería evitarlo escondiéndome en la nueva aula de informática durante quince minutos.

Habían abierto la flamante aula dos semanas antes, y se había convertido en mi lugar favorito para pasar el rato.

Tiene ese extraño olor a ordenador nuevo que solo los fanáticos de la informática saben apreciar.

Después de tres años y una docena de recogidas de fondos, el insti había comprado equipamiento por valor de cien mil dólares.

Pero lo mejor era que NUNCA había visto a Abusón allí. ¡JAMÁS! Estaba relajándome y pasándolo bomba jugando al *Caballeros de la Galaxia*...

YO, JUGANDO EN LA NUEVA AULA
DE INFORMÁTICA.

Cuando de repente mi reloj marcó las cuatro, me sorprendió darme cuenta de que había pasado una hora entera jugando.

Había una calma inquietante, y nadie alrededor. Incluso el profesor se había marchado.

¡POR FIN!

Ya podía escabullirme y marcharme a casa sin peligro. Estaba SUPERFELIZ de que tuviéramos un puente de tres días.

¡¡Y la guinda del pastel era que no vería a Abusón durante setenta y dos horas completas!! ¡YUJU!

Sobre todo, me sentía aliviado de haber SOBREVIVIDO una SEMANA más en el insti con Abusón.

Al mismo tiempo que EVITABA otro año más de educación con la abuela. ¡¡Una PASADA!! ¿A que sí?

¡Pues claro! Max C. había vuelto a engañar al malvado Abusón.

Hice el BAILE DE LA VICTORIA

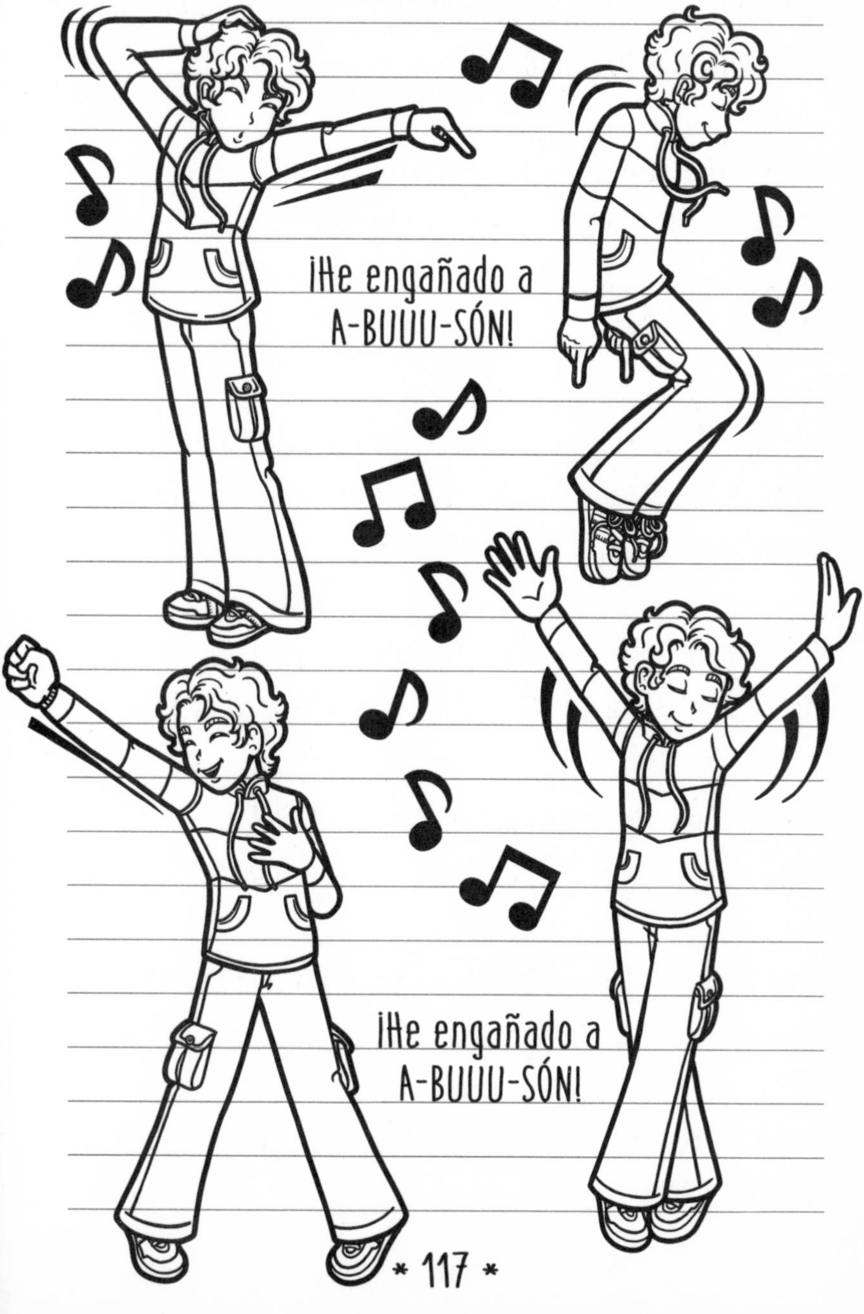
¡He engañado a A-BUUU-SÓN!
¡He engañado a A-BUUU-SÓN!

Volví haciendo el *moonwalk* hasta mi taquilla.

Iba tarareando mis canciones favoritas mientras recogía mis cosas para pasar un fin de semana relajante, divertido y sin abusones.

Si la escena siguiente saliera en uno de mis cómics favoritos, estaría escrita así...

«La última vez que vimos a nuestro héroe olvidado había empleado su intelecto superior y su inteligencia extraterrenal para engañar a su malvado archienemigo, Abusón Thurston.

»A pesar de haber librado una intensa batalla contra su enemigo, nuestro valeroso campeón ha logrado proteger la vida, la libertad y la búsqueda de la felicidad de la gente de todo el mundo.

»Pero, mientras nuestro héroe se prepara para regresar a su cuartel general para disfrutar de un merecido descanso, no imagina que una presencia oscura y amenazante se ha arrastrado en silencio a sus espaldas y ¡está a punto de ATACAR!»

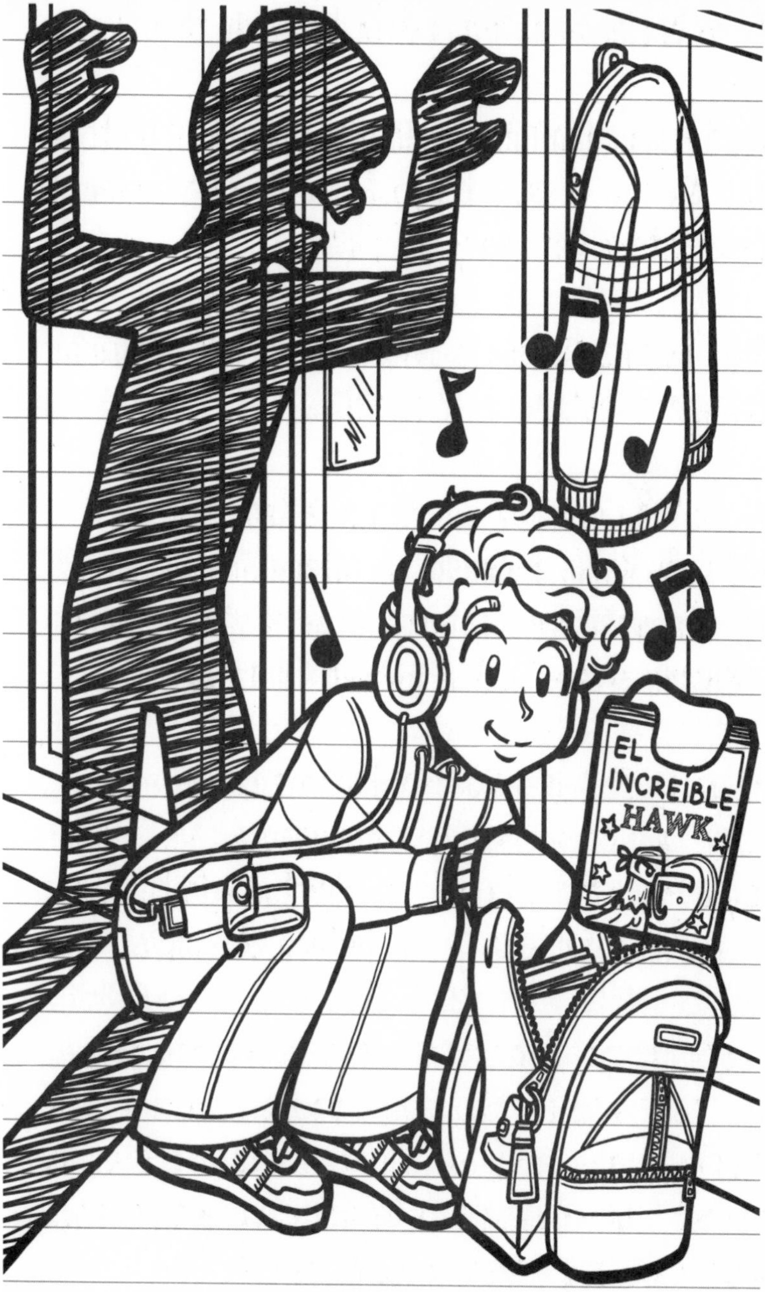
EL
INCREIBLE
HAWK

Era... ¿ABUSÓN THURSTON?

¡¡RAYOS Y CENTELLAS!!

—¡Hola, POTA! —gruñó Abusón—. Me alegro de
que hoy me hayan castigado después de clase,
¡porque ahora tú y yo podemos jugar a mi juego
favorito!

—¿Ah, sí? —dije dando un paso atrás ~~mientras
esperaba que se produjera mi respuesta urinaria
habitual ante el peligro a fin de protegerme
del brutal juego de Abusón, que probablemente
acabaría en una MUERTE lenta y dolorosa.~~

—¿Quieres saber qué JUEGO es? —Sonrió como
una versión adolescente del malvado villano
de los cómics de Batman, el Joker, ~~pero con los
pantalones colganderos y un montón de granos.~~

—Pues... no —respondí, con la esperanza de que
dijera algo guay y más bien inofensivo como las
damas, el ajedrez o el pimpón...

Y, si tenía MUCHA suerte, a Abusón le gustaría el juego favorito de mi hermano, ¡el pilla pilla!

—Se llama ¡ENCERRAR A UN PRINGADO EN LA TAQUILLA! Y hoy, ¡TÚ eres ese pringado! —se burló Abusón.

—No parece muy divertido —murmuré.

—¡Para MÍ desde luego que lo es! —añadió con una sonrisa de tiburón.

Entonces fue cuando empecé a enfrentarme a unas preguntas muy serias y graves.

¿DÓNDE estaba mi vejiga nerviosa cuando DE VERDAD la necesitaba?

Y ¿POR QUÉ todos los seres humanos estaban bendecidos con el instinto de PELEAR o ESCAPAR para sobrevivir, mientras que yo tenía la MALDICIÓN del...

TEMBLAR y MEAR?

Cogí la mochila a toda prisa y traté de correr hacia la salida.

Sin embargo, Abusón me agarró de la camiseta, me levantó del suelo y ¡me lanzó dentro de la taquilla!

Entonces cerró la puerta de golpe.

¡¡BAM!!

—¡¡NOOOOOO!! —grité desde el interior.

—¡¡Disfruta del FIN DE SEMANA, POTA!! —exclamó mientras volvía a reírse y sus pasos resonaban por el pasillo.

¡NO me podía creer que me estuviera pasando OTRA VEZ!!

¡Solo que, ahora, era diez veces PEOR!

Todos los profes y alumnos se habían ido.

Y parecía que casi todo el resto del personal también se había marchado.

De pronto, mi corazón empezó a latir con fuerza y noté un sudor frío.

El aire cálido y rancio del interior de mi taquilla ya hacía que me costara respirar.

¡Pero no me había rendido!

¡¡AÚN!!

¡Lo siento, Abusón!

Max Crumbly no iba a darse por vencido sin luchar.

Haciendo acopio de todas mis fuerzas, me puse a dar patadas como un loco y grité a pleno pulmón, mientras la fría y dura realidad se iba abriendo paso lentamente...

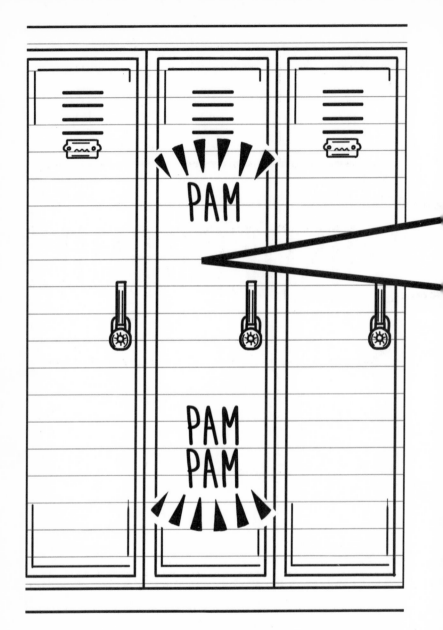

ESTABA ENCERRADO EN MI TAQUILLA...

...¡DURANTE UN FIN DE SEMANA DE TRES DÍAS!

13. ¡¡AYUDA!! ¡CREO QUE VOY A VOMITAR!

¡MALDICIÓN! ¡OTRA VEZ NO!

¡ESTO ES DE LOCOS!

¡No era posible que me hubiera encerrado por SEGUNDA vez en un solo día!

Me sentía avergonzado y humillado. Pero, más que nada, estaba FURIOSO. Ahora en serio, gente. ¡¡¿No estaríais cabreados VOSOTROS si os obligaran a pasar un puente de tres días en el INSTI?!! ¡¿Sobre todo si es DENTRO de vuestra taquilla?!

No tenía más remedio que mirar a través de los diminutos agujeros de la puerta y esperar ansioso a que pasara alguien.

Me convencí a mí mismo de que si era MUY MUY paciente, en algún momento, alguien entraría en el pasillo y me rescataría.

Pero, por desgracia, no entró ni un alma.

Entonces me dije que, a pesar de ser un fin de semana de tres días y de que casi TODO EL MUNDO se hubiera ido ya, AÚN había una PEQUEÑA posibilidad de que alguien siguiera en el edificio. Y de que ESE alguien me rescatara.

Pero, lamentablemente, no apareció nadie.

Fue entonces cuando reuní todo mi valor y afronté mi complicada situación con arrojo...

~~Mi vejiga nerviosa estaba haciendo de las suyas otra vez, y si no salía de esa MALDITA taquilla pronto, ¡iba a MEARME en los pantalones!~~

¡Mi vida había llegado a su fin e iba a MORIR solo, absurda y dolorosamente!

ATRAPADO entre las cuatro paredes de metal de mi taquilla. ¡Como una asquerosa, apestosa... y enorme...

¡¡SARDINA en... LATA!!

YO, ¡ENCERRADO EN MI TAQUILLA COMO UNA SARDINA!

Pero, ¿queréis saber qué es todavía MÁS asqueroso?

A mi abuela le encanta mezclar sardinas con queso y kétchup y comérselas con galletas saladas.

¡BLEJ! Acabo de vomitar dentro de mi boca.

Después de lo que me pareció una ETERNIDAD, mi reloj marcó las seis y me di cuenta de que llevaba casi DOS horas encerrado. Dos. Horas. Enteras.

Empezaba a sentirme... **¡DESESPERADO!**

Entonces fue cuando tuve OTRO ataque de ansiedad y usé el inhalador por segunda vez.

No hace falta decir que, tras ESA pequeña crisis, estaba ansioso, exhausto y cubierto de sudor.

También me sentía muy mareado y con náuseas.

Pero ¡no os equivoquéis!

¡Una combinación de estrés extremo, agotamiento, calor y deshidratación es suficiente para que incluso un superhéroe se ponga ENFERMO!

¿Que CÓMO lo sé?

Porque lo mismo había sucedido en *El Increíble Hawk* (la serie de cómics que escribo en mis ratos libres).

Aunque se trata de un humilde guardabosques a tiempo parcial, piloto de carreras y estrella del rock, tiene un superpoder único: convertirse en un halcón indestructible y chillón con solo gritar «¡¡BAH KAAAH!! ¡¡BAH KAAAH!! ¡¡BAH KAAAAAAH!».

¡Y ojo al dato!

En el volumen 3, el Increíble Hawk potó dos lagartos, tres ardillas y once ratones mientras luchaba contra su archienemigo, ~~Abusón~~ BUITRE VENENOSO, en el desierto del Sáhara a una temperatura de 47 grados (que imagino que es la misma que hace dentro de mi taquilla).

¡¡HAWK Y EL BUITRE LUCHAN
EN EL DESIERTO!!

HAWK, ¡¡DEVOLVIENDO EL ALMUERZO!!

Una escena REPULSIVA en muchos sentidos.

¡¡No hay ninguna duda de que el Increíble Hawk
sería una película de superhéroes ALUCINANTE!!
¿A que sí?

En fin, estaba a punto de perder toda esperanza ~~y~~
~~VOMITAR~~ cuando me pareció oír un ruido muy leve...

¡ÑIQUI! ÑIQUI! ¡ÑIQUI! ÑIQUI! ¡ÑIQUI! ÑIQUI! ¡ÑIQUI! ÑIQUI!

Desesperado, eché un vistazo por los diminutos
agujeros de mi taquilla ¡y FLIPÉ!

~~¡NO me podía creer lo que vi!~~

¡NO me podía creer lo que PENSÉ ver!

Si alguna vez habéis estado atrapados en un lugar
desde el que apenas se puede VER ni OÍR nada,
sabréis que, después de un rato, se te empieza a ir
la olla. Entonces la imaginación toma las riendas y
crees, ves y oyes COSAS RARAS.

¡ÑIQUI ÑIQUI! ¡ÑIQUI ÑIQUI!

Se llama PRIVACIÓN SENSORIAL, amigos míos, y dejad que os diga una cosa: no mola NADA.

TAMBIÉN estaba un poco preocupado por si mis neuronas estaban muriendo a causa de alguna enfermedad rara y muy mortífera como la... esto...

¡¡TAQUILLITIS!!

Eh, no os riais. Podría pasar.

¡ÑIQUI ÑIQUI!
¡ÑIQUI ÑIQUI!

En fin, había MUCHAS posibilidades de que mi mente me estuviera jugando una mala pasada y de que todo lo que había visto y oído en el pasillo no fuera más que una ALUCINACIÓN.

Una muy CRUEL y RETORCIDA.

14. ¿EL REY DEL ROCK DE LA LIMPIEZA?

Si mi vida fuera un cómic, mi situación podría resumirse así:

«Cuando dejamos a nuestro héroe por última vez, estaba atrapado entre las cuatro impenetrables paredes de su taquilla, brutalmente apresado durante tres largos días, o puede que para toda la eternidad, por su malvado archienemigo, ¡Abusón Thurston! ¿Conseguirá sobrevivir nuestro valeroso héroe? ¿O será DEVORADO como una indefensa SARDINA con queso y kétchup sobre la fría y dura GALLETA SALADA de la MUERTE?»

Me encogí de miedo mientras una figura oscura y fantasmagórica avanzaba lentamente por el pasillo hacia mi taquilla. Y aunque su sombra era gigantesca, producía un sonido ~~inusualmente molesto, pero familiar~~ agudo.

No tenía ni idea de QUIÉN o QUÉ era. Cuando su sombra se proyectó sobre mi taquilla, contuve la respiración y miré al exterior con cautela.

Entonces fue cuando vi...

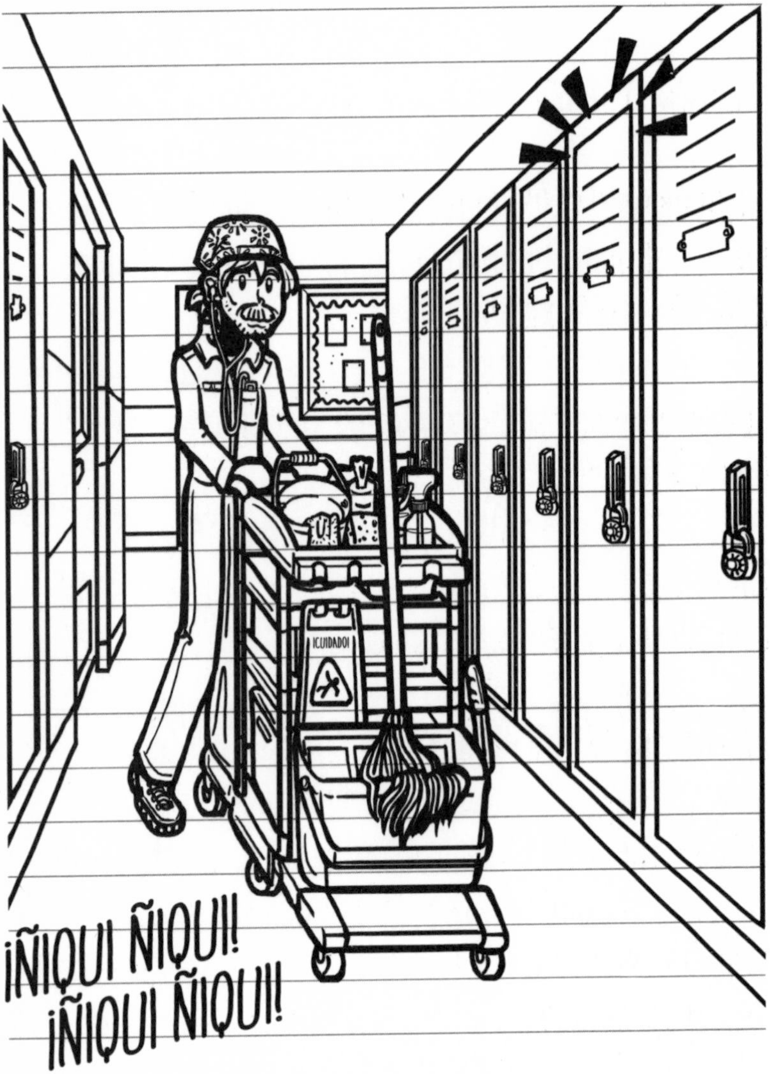
¡CUIDADO!
¡ÑIQUI ÑIQUI!
¡ÑIQUI ÑIQUI!

¿UN CONSERJE?

Como ya era tarde, di por hecho que estaría acabando su trabajo y a punto de irse a casa.

Y ahí fue cuando me puse a chillar como un poseso.

—¡SOCORRO! ¡SOCORRO! ¡POR FAVOR! ¡ESTOY ENCERRADO EN MI TAQUILLA Y NO PUEDO SALIR! ¡ES BASTANTE URGENTE! ¡SOCORROOOOOO!»

El conserje se detuvo en seco, ladeó la cabeza y se limitó a mirar la taquilla.

Parecía estar tratando de descubrir de cuál de todas procedían los gritos de auxilio.

¡POR FIN! ¡Me van a rescatar!

Estaba TAN feliz y TAN aliviado... Me dieron ganas de hacer mi baile de la victoria dentro de la taquilla. Ni en un millón de años habría pensado que un conserje acabaría salvándome la vida.

No lo conocía demasiado, pero SÍ sabía que tenía un trabajo muy duro.

Es decir, ¿a TI te gustaría limpiar vómitos, desatascar retretes, arrancar trozos de papel higiénico pastoso de las paredes del baño, quitar chicle de debajo de los pupitres y otra serie de tareas de lo más asquerosas?

¿TODOS LOS DÍAS durante treinta años?

¿Por un puñado de críos gritones y maleducados de secundaria? ¡Ya me parecía que no!

¡Normal que el hombre estuviera siempre DE MALA UVA!

A pesar de mis problemas personales, de repente me sentí AGRADECIDO de estar vivo.

Pero, sobre todo, ¡daba gracias por no tener que limpiar la mugre de 750 críos DESAGRADABLES!

—EH... ¡¡GRACIAS!! ¡¡MUCHÍSIMAS GRACIAS!! —grité a través de mi taquilla—. ¡EMPEZABA A PENSAR QUE NO IBA A SALIR NUNCA DE AQUÍ!

El conserje asintió y recogió su fregona.

¿¡QUÉ!? ¿Pensaba abrir mi taquilla con el mango de la fregona, o qué?

—PERDONE, PERO PUEDO DARLE LA COMBINACIÓN DE LA TAQUILLA. ¡SERÁ MUCHO MÁS FÁCIL QUE HACERLO CON LA FREGONA! —dije.

Entonces hizo la cosa más extraña del mundo.

Se puso a... ¡¡¿BAILAR?!!

A ver, yo también estaba muy contento por poder salir de la taquilla.

Pero no pude evitar pensar...

¡¡TÍO!! Dejemos el BAILE DE LA VICTORIA para DESPUÉS de que me salves, ¿vale?

Entonces, ¡¡los acontecimientos dieron un giro trágico!!

Por fin me fijé en que el conserje llevaba...

¡UN REPRODUCTOR DE MP3 Y UNOS AURICULARES!

—¡¡¡NOOOOOOOOO!!! ¡¡NO PUEDE OÍRME!! —gemí, y le di una patada a mi taquilla de la frustración que sentía.

El conserje no tenía ni REPAJOLERA idea de que yo estaba a unos centímetros de él.

Podía haberle dado un GUANTAZO a través de los agujeros de la taquilla (bueno, si mis manos hubieran sido minúsculas).

Y, a causa de la música ALTÍSIMA que estaba escuchando, era IMPOSIBLE llamar su atención.

A menos que le prendiera FUEGO a mi libro de mates con la esperanza de que quizás viera el HUMO saliendo de mi taquilla.

No tardé mucho en darme cuenta de que había

una cosa PEOR que estar encerrado en mi taquilla: estar encerrado en mi taquilla mientras me veía OBLIGADO a mirar a un conserje bailando y desafinando.

Lo siento, pero el tipo era tan malo que no sabía llevar el ritmo ni con el cubo de fregar.

Pero dado que era un público cautivo, lo único que podía hacer era retorcerme de la vergüenza ajena mientras él cantaba y tocaba su fregona como si fuera una guitarra.

Era surrealista.

Parecía una especie de estrella del rock delirante de la tercera edad en su gira mundial de despedida...

¡¡EL REY DEL ROCK DE LA LIMPIEZA!!

Entonces, a mitad de la canción, hizo un solo de guitarra superintenso, durante tres minutos.

Después se puso a dar botes por el pasillo como un conejo de 77 kilos hasta las cejas de esteroides...

Y, como gran final, salió corriendo, se puso de rodillas y se deslizó seis metros por el pasillo...

...y acabó su canción de forma dramática con el puño levantado justo delante de (lo habéis adivinado)... MI TAQUILLA.

¡Eso sí que es una IRONÍA CRUEL! ¡¡MALDICIÓN!!

No obstante, si obviamos su voz, ¡he de admitir que dio TODO un espectáculo!

Para ser un viejo con una fregona, vaya.

Lo habría disfrutado mucho más si no lo hubiera visto desde

¡¡EL INTERIOR DE MI TAQUILLA!!

Tras una reverencia a sus miles de fans imaginarios, el conserje metió su carrito en un armario y se dispuso a apagar todas las luces del edificio

Entonces siguió bailando por el pasillo, alejándose de mi taquilla, y salió por la puerta de la calle.

¡Ya lo sé!

Mi ASQUEROSO día empeoraba a cada minuto que pasaba.

Porque AHORA estaba encerrado dentro de un instituto OSCURO y ATERRADOR...

Solo.

Atrapado DENTRO de mi taquilla.

Sin comida.

Ni agua.

Y sin cuarto de baño.

Durante un fin de semana de tres días.

Lo siento, pero es que ¡era TERRIBLE en muchos sentidos!

15. DIVAGACIONES DE UN LUNÁTICO TAQUILLERO

Estar encerrado en mi taquilla me dejó mucho tiempo para recapacitar sobre mi triste vida.

Como por ejemplo, sobre qué tenía de BUENO (mi familia, supongo) y qué tenía de MALO (la lista era muy larga), y si sería capaz de cambiar algo.

Estaba harto de que Abusón me tratara como si fuera BASURA. Sin embargo, debo reconocer que yo tenía parte de CULPA, por permitírselo. Debería haber pedido ayuda. Me prometí a mí mismo que si salía de aquel lío con vida, NUNCA JAMÁS volvería a dejar que me pasara esto. Ni a mí ni a nadie.

¡No me lo merecía! ¡NADIE se merecía esto! Me puse muy triste al pensar en mis padres. Se preocupaban mucho por mí y siempre me preguntaban cómo me iba en el insti. Pero yo les mentía. Y AHORA iba a tener que decirles la VERDAD.

Queridos mamá y papá: ASÍ es como me SIENTO.

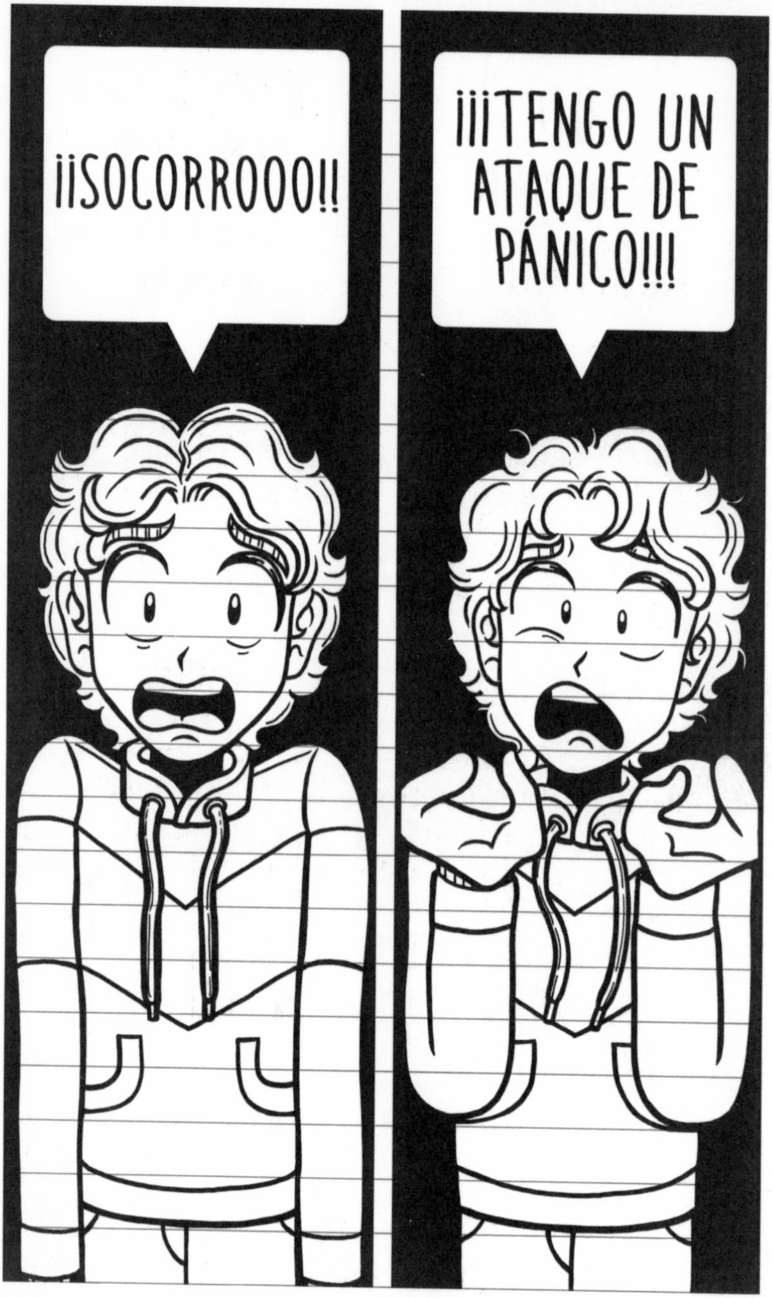
¡¡SOCORROOO!!
¡¡¡TENGO UN ATAQUE DE PÁNICO!!!

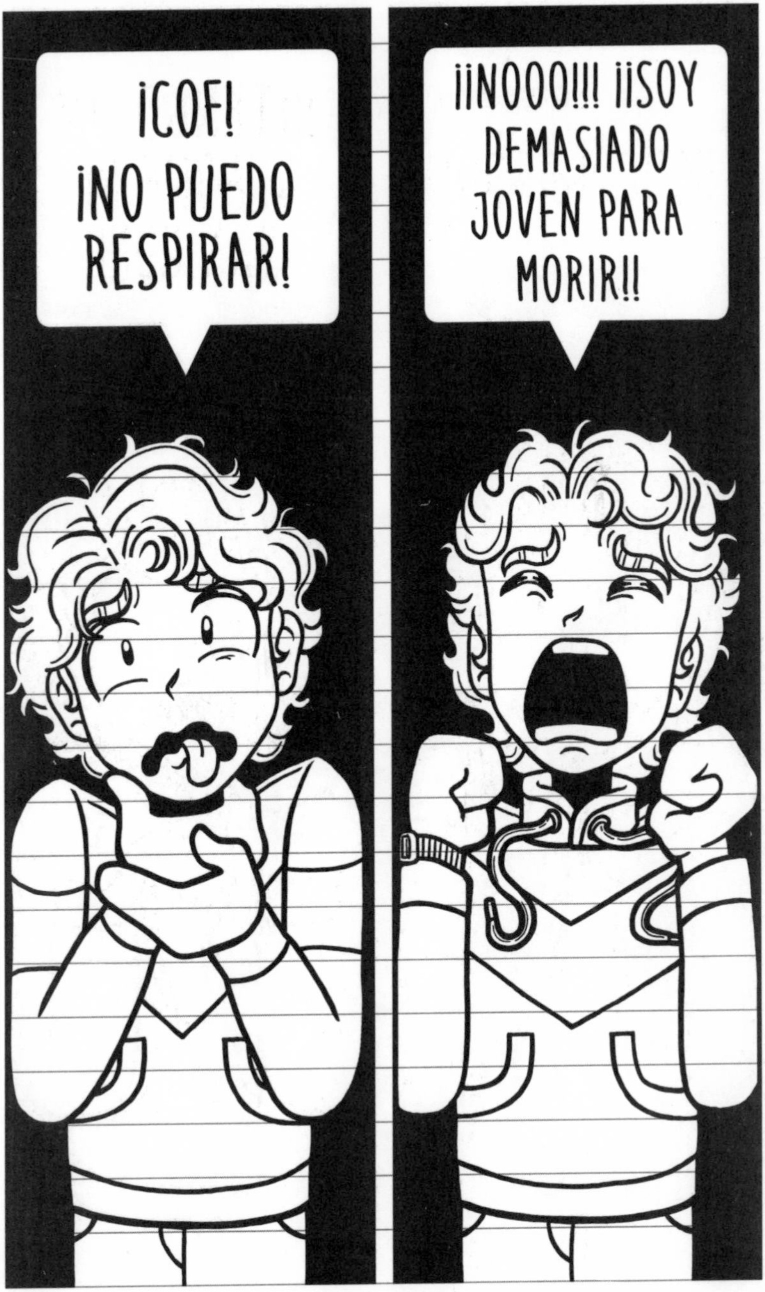
¡COF! ¡NO PUEDO RESPIRAR!
¡¡NOOO!!! ¡¡SOY DEMASIADO JOVEN PARA MORIR!!

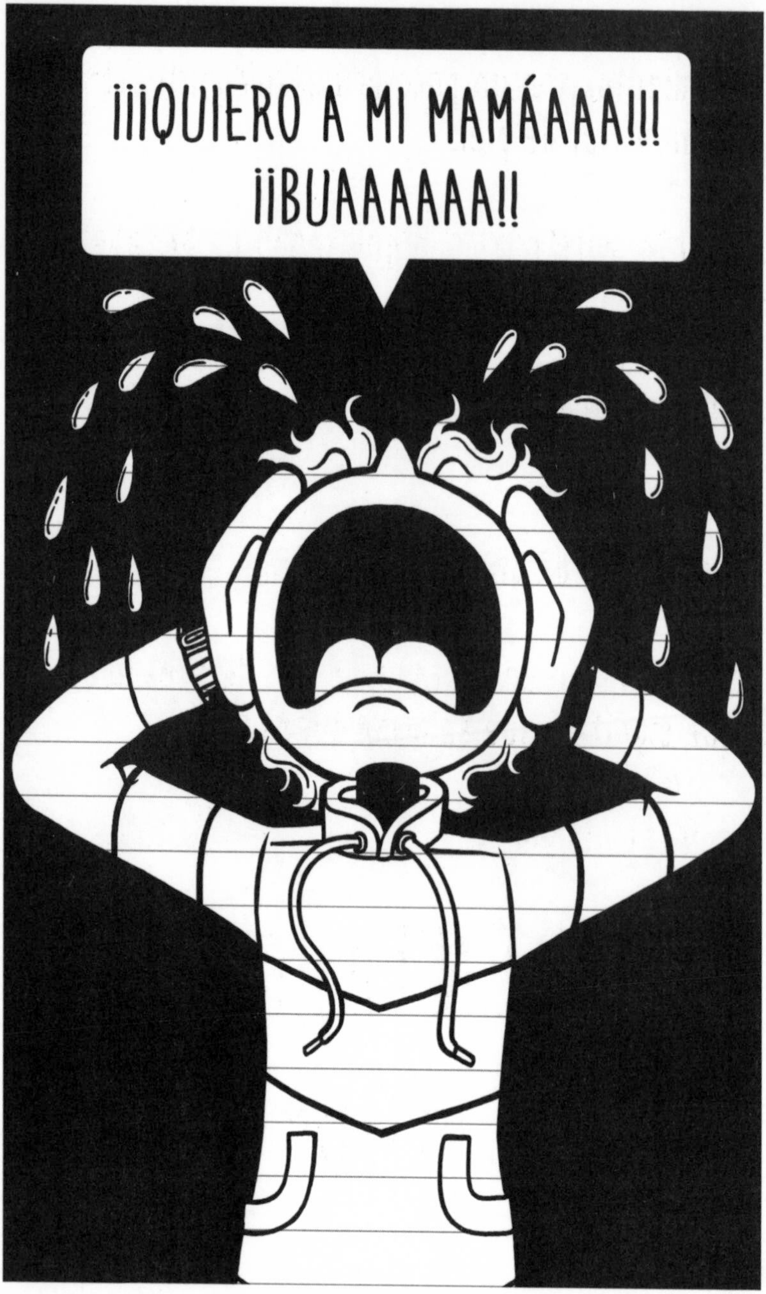
¡¡¡QUIERO A MI MAMÁAAAA!!!
¡¡BUAAAAAA!!

Sí, se podría decir que, ahora mismo, mis sentimientos son un poco ~~dramáticos~~ intensos y están a flor de piel.

Lo siento, pero eso es lo que tengo en la cabeza ahora mismo.

Ya era hora de que todo el mundo supiera la verdad.

¡Eh, no tengo de qué avergonzarme!

Llevo atrapado en mi taquilla más de tres horas, lo que significa que solo me quedan...

(Estoy calculando...)

¡¡¿OCHENTA Y CINCO HORAS TODAVÍA?!!

¡¡OSTRAS!!

Lo peor de todo es que mi familia no se dará cuenta de que NO ESTOY hasta que sea demasiado tarde, todo por culpa de mi horario frenético.

¿Qué actividades extremas y superdivertidas había planeado para el fin de semana de tres días?

¿Escalada, una carrera de cinco kilómetros, esquí extremo y una competición de bicis *freestyle*?

¡PUES NO!

Mi abuela pensaba asistir a la Convención Anual de Ganchillo con sus amigas el viernes, el sábado y el domingo para recibir unas cuantas clases.

¡Y ojo al dato!

Me ofreció pagarme veinte dólares al día por CUIDAR de su pequeño chucho sarnoso, *Petisú*, en su casa, todo el fin de semana.

Así que... ¡SÍ! Acepté dormir allí y cuidar de un perro con problemas mentales que tiene la desagradable costumbre de arrastrar el trasero por la alfombra cuando cree que nadie lo ve.

~~Lo que significa que iba a pasarme tres días enteros comiendo, durmiendo, viendo la tele y jugando a la consola y, encima, ¡me IBAN A PAGAR por hacerlo! ¡¡GENIAL!!~~

Probablemente pensaréis que mi abuela llamará a mis padres cuando no aparezca por su casa.

Luego mis padres llamarán a la policía para avisar de que su querido hijo ha desaparecido.

Entonces seguirán mi pista hasta el instituto y me rescatarán, así de fácil, ¿verdad?

¡Pues NANAY de la China!

Esta mañana, mi abuela llamó para CANCELARLO todo.

~~Pero yo decidí NO comentarles ese pequeño~~
~~detalle a mis padres porque me estaban agobiando~~
~~para que limpiara el garaje y había pensado~~
~~quedarme a dormir en casa de Brandon y pasarme~~
~~todo el fin de semana en la protectora de~~
~~animales Amigos Peludos.~~

Mi abuela y sus amigas habían decidido NO ir a
la convención de ganchillo porque el hombre del
tiempo había dicho que llovería.

Y, aunque la convención era bajo techo, me dijo
que la lluvia le empeoraría la artritis y que se
le hincharían los tobillos, así que había decidido
quedarse en casa y ver una maratón de «Las
chicas de oro» en la tele.

Y ahora, mi abuela cree que estoy en casa con mis
padres.

Y mis padres creen que estoy en casa de mi
abuela.

Lo que quiere decir que TODA MI FAMILIA está en

la más feliz ignorancia acerca de mi paradero, aunque a Megan no le importa ni un poco.

Pasarán varios DÍAS antes de que se den cuenta de que estoy metido en un lío y de que llamen a la policía.

¡Y para entonces será demasiado tarde!

Por supuesto, Megan celebrará mi temprana muerte convirtiendo mi habitación en el vestidor para sus zapatos que siempre ha querido.

Y Oliver se pondrá su disfraz de Batniño y garabateará alegremente con rotulador negro todos mis objetos personales (incluida mi querida colección de cómics) y las paredes de mi habitación, hasta que se quede sin rotuladores o caiga agotado, lo que ocurra antes.

No quiero ser pesimista y tal, pero a menos que ocurra un milagro, ¡NO HAY MODO ALGUNO de que salga de esta taquilla CON VIDA!

16. ¿QUIÉN DICE QUE UN ZOMBI NO PUEDE RAPEAR?

¡BIP-BIP! ¡BIP-BIP! ¡BIP-BIP!

Parpadeé varias veces mientras abría los ojos y el corazón me palpitó como un bombo cuando me desperté sobresaltado de mi profundo sueño.

La cabeza se me empezó a despejar y me di cuenta de que había sonado la alarma del reloj a las nueve de la noche. Pero, por alguna razón, me parecía que en realidad era mucho más tarde.

Además, mi habitación estaba mucho más oscura de lo habitual. ¿Acaso tenía que cambiar la bombilla de la lamparita de noche?

Noté la garganta reseca y las piernas doloridas. De hecho, TODO el cuerpo me dolía.

¡Y había tenido un sueño de lo más LOCO!

¡¡¿Sobre... ABUSÓN THURSTON?!!

Me incorporé para encender la lámpara de la
mesita de noche y...

¡¡PAM!!

Me di de cabeza contra algo frío y metálico.

¡AY! ¡Qué DAÑO! Tuve la sensación de que alguien
había hecho sonar una campana dentro de mi
cabeza.

«¿DÓNDE puñetas estoy?», me pregunté.

Alargué una mano y toqué mi abrigo, mi mochila,
mi agenda y...

¡¿CUATRO PAREDES DE METAL?!

De repente, me asaltaron todos los recuerdos.

Después de clase. Abusón. La taquilla. La oscuridad.
El conserje. La mopa. Más oscuridad...

¡FIN DE SEMANA DE TRES DÍAS!

—¡¡¡NOOOOO!!! —gimoteé—. ¡Por favor, que solo sea una PESADILLA!

Pero NO era una pesadilla. Era una REALIDAD. TODAVÍA estaba atrapado dentro de mi taquilla, ¡a la espera de que me rescatasen!

A MENOS QUE....

Cerré los ojos y se me ocurrió una idea terriblemente morbosa.

¿Acaso ya... ya estaba... MUERTO?

Me sentía un poco dolorido, claro está, pero no me sentía... muerto. Aunque no podía estar seguro, porque nunca había estado muerto, como comprenderéis.

Me removí para colocarme en una posición más cómoda y luego meneé los dedos de los pies para aliviar los tremendos calambres de las piernas.

Lo de los calambres en las piernas era mala señal.

Había leído en alguna parte que los cadáveres podían tener espasmos musculares intensos y repentinos e incorporarse de repente.

¡¡AH!! Buah, qué RARO sería que pasase en el funeral de tu tía abuela, ¿no? Pero ¿CÓMO podía estar muerto si me sentía tan... VIVO?

A MENOS QUE...

Se me ocurrió algo aún MÁS terrible y morboso que me provocó un escalofrío por la espalda.

¡¿Y si me había MUERTO dentro de la taquilla y me había vuelto un

...ZOMBI?!

¡¡NOOOO!! (¡No me gustó nada la idea!)

Bueno, algo estaba claro. Estar NO MUERTO no iba a ayudarme con mi inexistente vida social ni mejoraría mi REPUGNANTE reputación...

YO, COMO ZOMBI, ALMORZANDO EN EL COMEDOR DEL INSTI.

He visto *Apocalipsis Zombi* 1, 2, 3, 4, 5, 6 y 7. Y, básicamente, los zombis no son más que gente mala, fea y podrida. No es broma.

Fue entonces cuando tuve que hacerme una pregunta realmente profunda y filosófica.

Si soy un ZOMBI y YA estoy muerto... ¿de verdad tengo que preocuparme por lo que pueda hacerme Abusón?

¡¡NO!! ¡GENIAL!

Eso significaba que la próxima vez que Abusón se metiera conmigo, no tendría que importarme que me diera una paliza. Y por fin podría acabar con todo aquello de una vez por todas.

¿CÓMO?

Simplemente me arrancaría una parte del cuerpo que no necesite demasiado (como una oreja o un pulgar) ¡¡y se la daría ~~para ver cómo FLIPABA en colores!!~~

MAX EL ZOMBI SOLUCIONANDO
EL PROBLEMA CON ABUSÓN.

Quizá mi vida como zombi no sería tan mala. Me sentí tan inspirado que decidí escribir un rap:

* *

LAMENTO DE UN ZOMBI DE INSTITUTO

Soy un rapero zombi, esa es mi verdad,
obligado a darle al micrófono toda la eternidad.

Aunque estoy no muerto, mis letras molan mogollón,
porque, aparte de mi cuerpo, no me va la putrefacción.

Así que no os asustéis ni tembléis.
Sí, como carne humana, como veis.

Los ojos hundidos. El corazón no palpita.
¡Pero SOLO MATO cuando mi boca grita!

¡Mi pavoneo es enorme! ¡Soy todo un fardón!
¿Y mi olor apestoso? ¡No puede ser más molón!

¡Pero a las chicas les encanto! Gritan hasta rugir,
¡DIOS! ¡Es un zombi! ¡Es GUAPO hasta MORIR!

Me rodean moscas y babeo como un animal.
¡Pero creer en mí mismo me hace un tío brutal!

Encajar con los demás era en mi vida la única cosa,
antes de yacer en mi fría y húmeda fosa.

¡Escuchad! Si lo buscáis con toda vuestra fuerza,
¡encontraréis poder hasta que os dé VUELTAS la cabeza!

¡Sed vosotros mismos cuando la vida sea un HUESO!
¡No me hice tan listo solo por comer seso!

¡Soy Zombi Max! Mis palabras cortan como una espada.
¡Te MATARÉ primero y luego te traeré de la NADA!

* *

¡¡VAYA!! Este rap es bastante profundo.

¿Quién iba a pensar que todo el rollo de los zombis
me haría sentir tan poderoso?

Pues la BUENA noticia es que estoy bastante seguro
de que NO soy un zombi. ¿POR QUÉ?

Porque no había comido nada desde el mediodía, así que prácticamente me estaba muriendo de hambre y el estómago me rugía como un tiranosaurio.

¡Pero no me apetecía en absoluto la CARNE HUMANA! Solo podía pensar en una hamburguesa jugosa y una pizza caliente con queso y doble de *pepperoni*.

Sin embargo, la MALA noticia era que podía añadir MUERTE POR INANICIÓN a mi larga lista de problemas personales.

Y entonces, de repente, ¡¡me acordé...!!

Palpé hasta llegar al fondo de la taquilla ¡y toqué el premio gordo!

Era una pequeña bolsa de plástico con tres galletas de jengibre que me había hecho mi abuela para mi primer día de clase. Sus galletas siempre estaban duras como piedras y sabían igual que un disco de hockey salpicado de canela.

Las había dejado dentro de la taquilla porque era

demasiado vago como para tirarlas a la papelera, que estaba a unos cinco metros de distancia.

El caso es que me zampé hasta la última migaja de esas galletas para perros como si fueran mis pastas de chocolate favoritas recién horneadas.

¡Ostras! ¡Fueron las mejores galletas ASQUEROSAS que me he comido en TODA mi vida!

Gracias a la pequeña siesta y a mi aperitivo nada apetitoso, tenía una descarga de energía y optimismo.

Tal vez hubiese una manera de salir de la taquilla.

Tenía que encontrarla. ¡Y PRONTO!

Al parecer, NO era un ZOMBI medio podrido (al menos todavía no).

Pero llevaba tanto tiempo encerrado en mi taquilla asfixiante y calurosa que sin duda comenzaba a OLER a muerto. ¡Y MUCHO!

17. ¡A PATADAS!

Encendí la linterna y examiné con atención cada centímetro de la taquilla.

La puerta y dos de las paredes eran de hojas gruesas de metal unidas mediante tuercas y tornillos.

Sin embargo, la pared posterior era bastante delgada.

Tenía sentido, porque las taquillas estaban pegadas a la pared del pasillo.

¡Fue entonces cuando me emocioné porque se me ocurrió un plan brillante! Escapar de la taquilla sería FACILÍSIMO y solo tardaría cinco minutos...

¡SI tuviera las HERRAMIENTAS adecuadas!

Pero, por desgracia, mi madre NO había metido un soplete, un destornillador eléctrico ni un martillo neumático junto a mi bocadillo de mantequilla de cacahuete y mermelada...

¡¡OJALÁ MI MADRE HUBIERA METIDO
ALGUNAS HERRAMIENTAS CON
EL ALMUERZO!!

Eso significaba que estaría ENCERRADO en la taquilla otras...

(Estoy calculando...)

¡OCHENTA Y TRES HORAS MÁS!

¡¡¡¿DE VERDAD?!!!

¡NO iba a aguantar otras ochenta y tres horas!

Toda la energía y el optimismo se me escaparon como el aire de un globo pinchado y se vieron sustituidos por rabia y frustración.

Fue entonces cuando perdí del todo la cabeza y le pegué una patada a la pared posterior.

¡¡¡PUM!!!

Le pegué MUY fuerte. Por desgracia, TAN fuerte que me pareció que me había roto el puñetero pie.

¡¡AAAUUU!!!

Fue entonces cuando oí un sonido extraño.

¡Y NO! No era mi llanto por el intenso dolor en el pie.
Parecían más bien crujidos y chasquidos.

¡Y NO! No era el sonido de los huesos rotos del pie,
¡listillos!

Así que di una patada todavía más fuerte con el otro
pie y pegué la oreja a la pared posterior.

Sonó como si la vieja pared de yeso se cuartease
y cayese.

¡¡¡¿PODRÍA SER EL MODO DE SALIR DE LA TAQUILLA?!!!

Seguí dándole patadas a la pared posterior con
todas mis fuerzas y con una nueva esperanza.

¡PUM! ¡PUM! ¡PUM!

Varias tuercas se soltaron de las paredes laterales y cayeron al suelo.

Aunque estaba sudando como un cerdo y me dolían los dos pies, continué.

¡PUM! ¡PUM! ¡PUM!

¡¡Le pegué patadas como si fuera el TRASERO de Abusón!!

¡PUM! ¡PUM! ¡PUM!

Por fin, oí un fuerte...

¡CRACK! ¡PAM! ¡PLAF!

Agotado y jadeante, me apoyé en una de las paredes laterales y examiné la posterior con la linterna.

Debía de haber una cañería de agua con una fuga, porque la pared de yeso húmeda y podrida se había desmoronado.

Unos cuantos trozos pequeños habían caído en el suelo de la taquilla como copos de nieve irregulares.

La pared posterior de la taquilla seguía aún parcialmente en su sitio, sujeta por unas pocas tuercas en la parte de arriba.

Sin embargo, se movía adelante y atrás como una gigantesca gatera. Tiré de ella y la coloqué completamente detrás de mí.

Luego me asomé hacia delante con cuidado para ver mejor la pared dañada.

Me quedé pasmado por lo que vi...

¡¡UN AGUJERO ENORME!!

Pero había un detalle INQUIETANTE: ¡un RESPLANDOR ROJO que venía del otro lado!

Vale, admito que me sentí ~~tan aterrorizado que~~ ~~lo que quería era dejarme caer en el suelo y~~ ~~balancearme mientras gritaba como un loco~~ un pelín nervioso.

Me dio mala espina, como si estuviera a punto de entrar en una PELI DE MIEDO o algo peor.

¡Pero no os confundáis!

Me gusta VER esas pelis, pero NO convertirme en una víctima desprevenida.

Así que tenía que tomar una decisión difícil.

Podía dar la vuelta y esperar dentro de la taquilla otras (estoy calculando...) OCHENTA Y DOS HORAS Y MEDIA hasta que me rescataran, o arrastrarme a través de ese agujero hacia lo desconocido que me esperaba al otro lado.

Siempre es más fácil ignorar un problema y no hacer nada porque estás aterrorizado.

Pero esa actitud era PRECISAMENTE la que me había metido en ese tremendo follón.

Lo siento, pero estaba harto de vivir así.

¡Decidí arriesgarme con el agujero en la pared!

No tenía ni la más remota idea de ADÓNDE me llevaría.

Y, la verdad, no me importaba.

Lo único que quería eran DOS cosas:

Lo primero, ¡un CUARTO DE BAÑO!

Y lo segundo, ¡una PUERTA DE SALIDA! Para así largarme de UNA VEZ de... dondequiera que estuviese y... ¡volver a CASA!

18. ENTRO EN LAS PROFUNDAS ENTRAÑAS OSCURAS DE... ¡¿DÓNDE ESTOY?!

Quería viajar ligero, así que dejé la mochila y los libros en la taquilla. Agarré el inhalador y la linterna y me lo metí todo en los bolsillos del pantalón. Luego me guardé el diario en el bolsillo de la sudadera.

Cuando miré de nuevo hacia el resplandor rojizo, me di cuenta de que la sala casi parecía llena de humo por la cantidad de polvo que se había removido al caer la pared de yeso.

Cuando el polvo comenzó a asentarse, vi una vieja luz roja de emergencia que parpadeaba por encima de mi cabeza. Eso creaba unas sombras móviles extrañas que me rodeaban lentamente, como si fueran unos fantasmas danzarines y malignos que esperaban el momento adecuado para atacar. ¡¡UF!!

Me estremecí y empecé a notar sudores fríos. De repente, recordé con cariño mi segura, cálida y cómoda taquilla. (Ya, ya lo sé, ¡yo tampoco me puedo creer que haya dicho eso!)

Cuando el polvo se asentó, vi que estaba dentro de una extraña habitación que parecía cerrada y aislada del resto del instituto desde hacía décadas.

Todo estaba cubierto por polvo y telarañas, mientras que las goteras del techo, que caían de las tuberías, creaban charcos de agua negra. La peste a humedad y moho era peor que la que se adueñaba de las duchas de los chicos después de correr dos kilómetros.

En el lado derecho de la habitación, había dos enormes depósitos conectados a unos gruesos tubos que iban por el techo y las paredes.

¡¿Acaso había descubierto la guarida secreta de un monstruo robótico de cuatro metros de altura y una docena de tentáculos?!

Al lado izquierdo de la habitación, había un montón de escombros de la pared (¡ESO era culpa mía!), una escalera de metal y más tuberías. Parecía que había dado con un cuarto de calderas abandonado, que en otros tiempos se había usado para la calefacción, solo que ahora tenía un grado de terror...

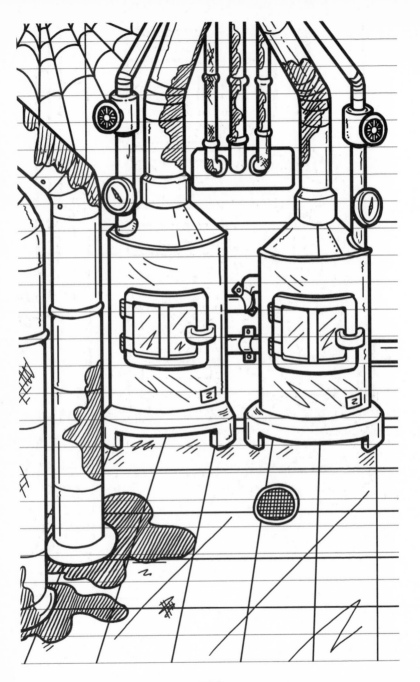

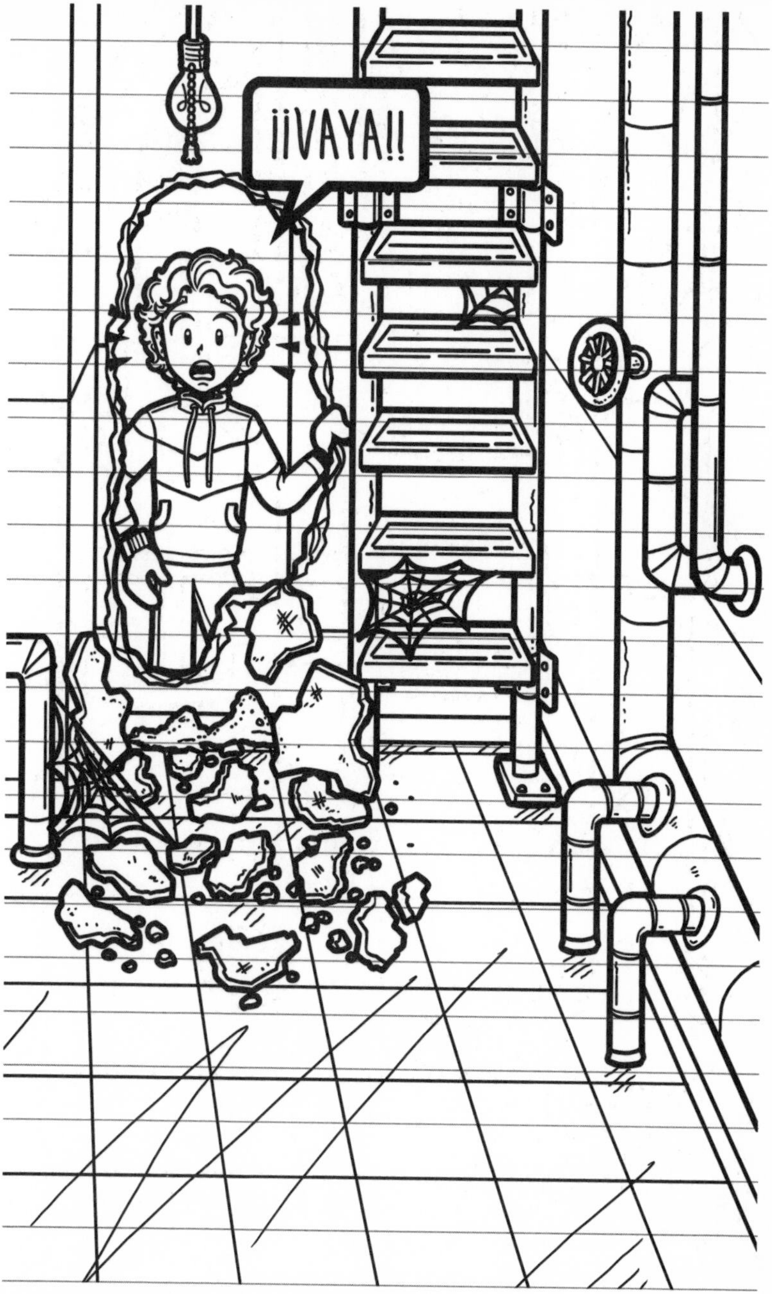
¡¡VAYA!!

Entré para echar un vistazo.

El único sonido que oí fue el eco de mis pasos sobre las baldosas y un goteo constante: ¡PLIC, PLIC, PLIC!

En una esquina sombría del lado opuesto de la sala vi una gran puerta roja con un picaporte oxidado y un cartel tapado por el polvo. Lo limpié con la manga y parpadeé por la sorpresa. El cartel decía:

«¡SOLO SALIDA DE EMERGENCIA!».

¡Hice el baile de la victoria allí mismo!

Miré el reloj. Si me daba mucha prisa, podía estar en mi casa en unos veinte minutos. ¡Lo que significaba que todavía tendría tiempo de pedir una pizza antes de que cerrase el restaurante! ¡GENIAL!

Agarré el picaporte y tire con todas mis fuerzas. Las bisagras oxidadas chillaron como un gato mojado mientras la puerta se abría leeentamente. Ahogué un grito y me quedé mirando pasmado...

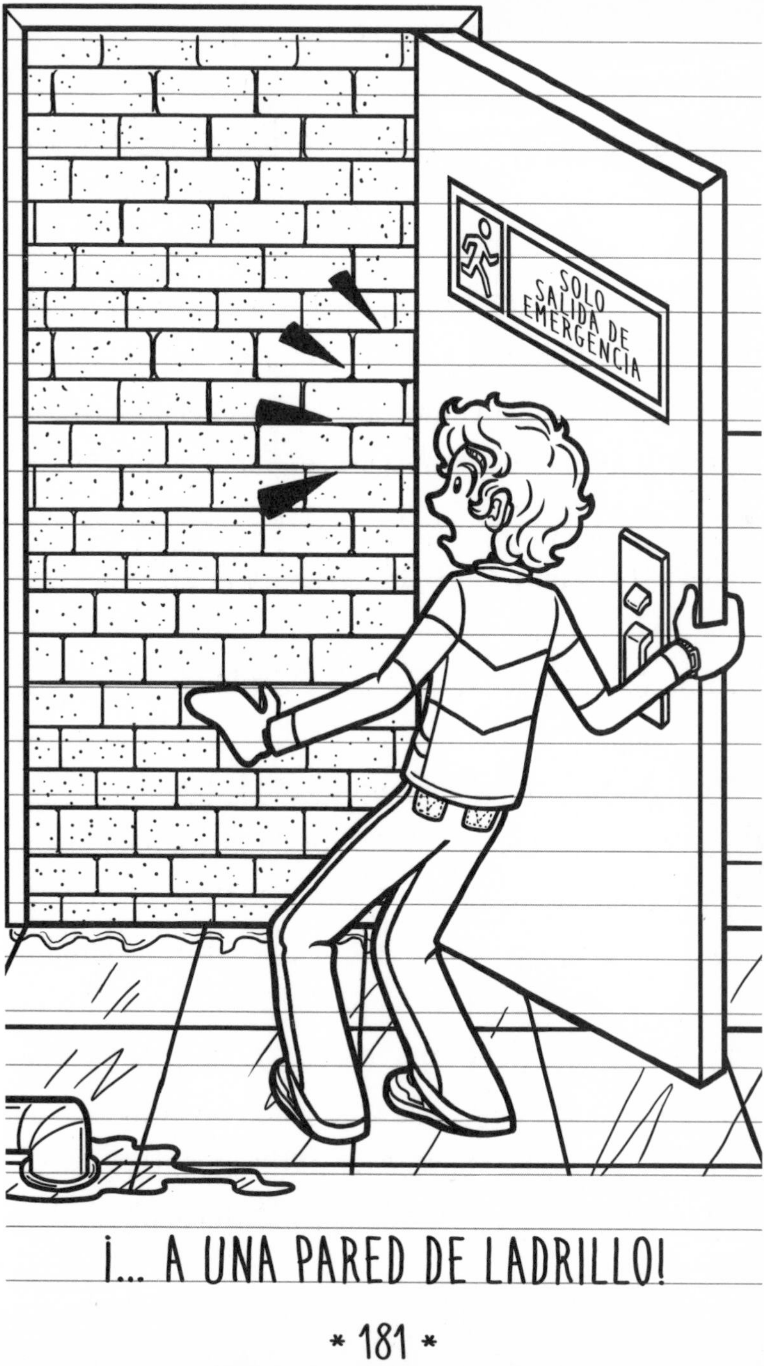
SOLO
SALIDA DE
EMERGENCIA

¡... A UNA PARED DE LADRILLO!

¡¡SEGUÍA atrapado!!

Y eso era injusto en muchos sentidos.

¡¡¿¿POR QUÉ LA VIDA SE ESTABA BURLANDO DE MÍ DE UN MODO TAN CRUEL??!!

El corazón se me aceleró mientras me esforzaba por contener otro ataque de pánico. Busqué frenéticamente por toda la habitación otra salida. Otra puerta, una ventana, ¡incluso un panel suelto del techo! Pero no encontré nada.

Me senté en el peldaño más bajo de la escalera y me tapé la cara con las manos. ¡Tenía ganas de GRITAR!

Encontrarían mi cadáver en la SALA DE CALDERAS en vez de en la TAQUILLA. Siempre podía mirar el lado bueno. ¡Tendría más espacio en el que MORIR!

Levanté la cabeza hacia el techo y la meneé en un gesto de desagrado. ¡Y fue entonces cuando la vi!

¡¡UNA SALIDA!!

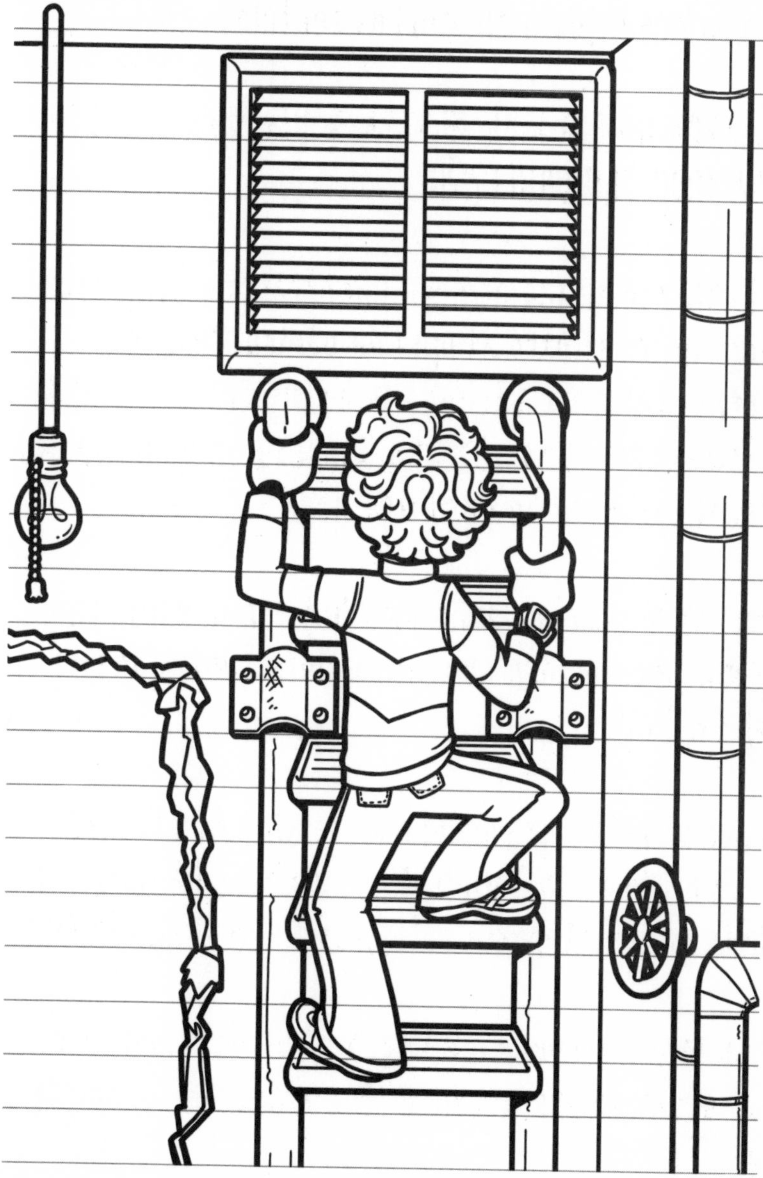

19. SEÑOR DEL LABERINTO

Subí rápidamente por la escalera hasta el amplio conducto de ventilación, de un metro de alto por uno veinte de ancho. Al mirarlo más de cerca, vi una pequeña hendidura en cada una de las esquinas inferiores.

Contuve el aliento. Luego agarré las dos esquinas del conducto y tiré con fuerza. Milagrosamente, ¡se abrió!

Miré con cautela el interior mientras rezaba para que no me saltaran a la cara una manada de ratas mutantes y me confundieran con un trozo de queso.

El interior estaba negro como boca de lobo, y no se veía absolutamente nada.

Encendí la linterna para estudiar el terreno. Estaba en el extremo de un túnel cuadrado de metal gris que parecía extenderse hacia el INFINITO y más allá.

¡Y más allá! ¡¡Y más allá!!

Si me basaba en las pelis que había visto, los túneles como ese SIEMPRE llevaban al exterior. ¡¡PERFECTO!!

O al tejado. ¡¡MOLA!!

O a un contenedor gigante de basura. ¡¡PUAJ!!

O a un incinerador a 1.200 grados de temperatura. ¡¡AAAAAAAAAH!!!

Pensándolo mejor, quizá NO fuera tan buena idea.

Suspiré hondo y miré la sala de calderas húmeda y mohosa y el agujero desigual que llevaba de vuelta a mi taquilla oscura y abarrotada.

¿Quería quedarme allí durante las siguientes (estoy calculando...) ¡OCHENTA Y DOS HORAS!? ¡¡Desde luego que NO!!

Subí rápidamente hasta el túnel y me arrastré al interior hasta que la tapadera del conducto se cerró con fuerza a mi espalda.

Luego me arrastré lentamente por el túnel procurando no hacer caso del repentino pánico claustrofóbico que sentía. Sí, ¡la verdad era que estaba empezando a echar de menos mi sala de calderas, tan amplia y húmeda y oscura!

Todavía no había visto ratas. Pero ¿y si había arañas venenosas? ¿O serpientes? ¿¡U ORCOS hambrientos?!

Estaba a punto de dar media vuelta y regresar cuando el túnel giró bruscamente hacia la izquierda...

Fue entonces cuando divisé un rectángulo oscuro a unos cinco metros.

Me quedé quieto de inmediato.

¿Y si era una trampilla a un conducto que me llevaría directamente de cabeza a una caída de treinta metros hasta el... SISTEMA DE ALCANTARILLADO del instituto?

Avancé poco a poco con mucho cuidado para acercarme y verlo mejor mientras el corazón me aporreaba el pecho.

¡Era otro CONDUCTO de ventilación! Solo que un poco más pequeño que el de la sala de calderas.

Apunté con la linterna y luego entrecerré los ojos para ver lo que había al otro lado.

Me sentí agradablemente sorprendido al ver una clase.

Pero no era CUALQUIER clase. Era...

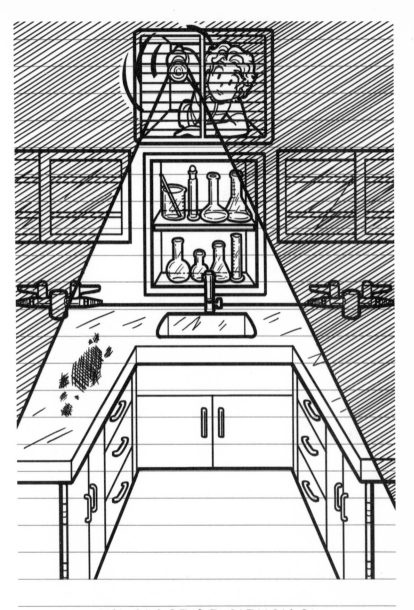

¡MI CLASE DE CIENCIAS!

Incluso vi la marca en la encimera del laboratorio donde, el segundo día de clase, Abusón le había prendido fuego a su libro de física para IMPRESIONAR a su nueva compañera de laboratorio, que era muy guapa.

Pero, por desgracia, la pequeña fogata de Abusón se había extendido del libro a la libreta de su compañera, y de ahí ¡a su bolso!

La alarma de incendios se activó y el sistema de aspersores se encendió, y no tardaron en llegar al instituto cuatro camiones de bomberos a cien kilómetros por hora.

¡¡Una LOCURA!!

Gracias a Dios, nadie resultó herido.

Por supuesto, a los demás alumnos les encantó que se cerrara el instituto y nos mandaran a casa para que los bedeles limpiaran el estropicio.

Creo que sin duda a Abusón deberían haberlo expulsado por esa bromita, pero juró que todo había sido un accidente, y el director le concedió el beneficio de la duda.

Me dio mucha pena la compañera de Abusón. La pobre chica probablemente quedó traumatizada.

No la volví a ver en el laboratorio, así que estoy bastante seguro de que pidió que la cambiasen de clase. ¡O incluso de INSTITUTO!

Bueno, el caso es que POR FIN sabía dónde estaba: en el inmenso sistema de ventilación del insti.

Se trata básicamente de dos kilómetros de túneles que recorren todo el edificio, con salidas en cada clase, además del gimnasio, el comedor, la sala de profesores, los despachos y los pasillos.

¡Es más bien un LABERINTO interminable!

¡¿A que MOLA?! Me sentí como si estuviera en mi propio VIDEOJUEGO de realidad virtual o algo así.

Y yo, MAXWELL CRUMBLY, era el poderoso...

¡SEÑOR DEL LABERINTO!

Bueno, pues estaba en el pasillo de octavo y me arrastré por las clases de arte, inglés y sociales.

Pero había UN lugar que deseaba visitar antes de volver a casa.

¡Sí, el cuarto de baño de los chicos!

Y, a juzgar por mi localización dentro de los conductos, tenía que avanzar unos diez metros después de la clase de sociales, girar hacia la derecha, en el pasillo principal, continuar unos seis metros más allá de la sala de ordenadores y ¡PAM!

Tiempo estimado de llegada: dos minutos y treinta segundos.

Sin embargo, mientras me acercaba a la sala de ordenadores, ¡me di cuenta de una cosa muy rara!

Había luz allí, y oí voces. Parecían varios adultos.

Solo que no me imaginaba por qué los profesores, o los bedeles, iban a estar todavía tarde en el instituto, tan tarde, en un fin de semana de tres días.

Me pudo la curiosidad, así que decidí investigarlo más de cerca.

No tenía ninguna intención de que me descubriesen y arriesgarme a que me castigasen por estar en el instituto fuera del horario de clases, aunque fuese contra mi voluntad.

Además, sería casi imposible que me vieran espiarlos de forma clandestina metido en el conducto, ¿verdad?

¡¿Qué podía salir mal?!

20. ¿DE VERDAD SIRVEN PIZZA MONSTRUOSA DE CARNE EN LA CÁRCEL?

Vale, admito que FLIPÉ un poco. ¡HABÍA TRES HOMBRES EN LA SALA DE ORDENADORES! Al principio pensé que eran bedeles, pero enseguida me quedó claro que no.

—¡Ya os digo, tíos! El mejor golpe que hemos dado —dijo un tipo rechoncho con un traje verde, que llevaba un peluquín ~~que parecía una marmota grande y sucia que se le hubiera subido a la cabeza y se hubiese MUERTO~~—. Va siendo hora de que nos graduemos de carteristas a ladrones profesionales.

—¡ASÍ se habla, Ralph! —exclamó un tipo alto y delgaducho con un pañuelo en la cabeza—. Voy a comprarme una cámara y un montón de videojuegos nuevos con mi parte del botín! Luego dejaré el curro: estoy hasta las narices de cocinar hamburguesas, y colgaré vídeos en YouTube donde saldré jugando. ¡Me haré multimillonario enseguida!

—Tucker, ¿cómo vas a ganar dinero con eso? —Ralph lo miró fijamente—. ¡Mejor! Pide a unos desconocidos

que te manden veinte dólares por correo y luego
siéntate a ver cómo el dinero llega a mansalva.

Tucker se rascó la cabeza.

—No lo había pensado todavía. ¡Tu idea es genial!
Si le pido a un millón de personas que me manden
veinte dólares, tendría... veinte millones de dólares.

—¡¡NO!! —gruñó Ralph—. ¡Nadie sería tan ESTÚPIDO
como para mandar dinero a un IDIOTA como tú!

—Y hablando de ideas estúpidas, ¿me puedes decir
por qué estamos en un INSTITUTO? —preguntó un
tipo grande y musculoso con pelo negro y de punta
que llevaba una chaqueta vaquera—. ¿Qué vamos
a robar, libros de matemáticas? Ya sabéis que
me catearon. ¡No se me dan bien los números! Mi
asignatura favorita era el almuerzo. Siempre sacaba
sobresalientes. La verdad es que ahora mismo tengo
mucha hambre. ¡Podría comerme una vaca!

Pero ¿hablaban en serio esos tíos? Parecían sacados
de los dibujos animados del fin de semana.

—Moose, ¡tú SIEMPRE tienes hambre! —le dijo
Tucker—. ¡Eres un bebé de cien kilos, tío!

—¡Tucker, no empieces a meterte conmigo...!

—¡CALLAOS! —gruñó Ralph.

—Tendríamos que haber robado en esa pizzería,
Cutrini Pizza, por la que pasamos de camino —dijo
Moose—. Si hubiéramos utilizado la ventanilla de
autoservicio, ¡habríamos tenido el dinero en sesenta
segundos! ¡Y si tardan más de eso, te dan GRATIS una
pizza de queso! ¡Vi un anuncio en la tele!

—¡Yo también lo vi! —exclamó Tucker—. Y si compras
diez alitas picantes, ¡te dan GRATIS una ración de
alitas superpicantes! ¡Tío, me ENCANTAN las alitas
superpicantes!

—¡¡Dejad de parlotear de comida y CONCENTRAOS!!
—gritó Ralph enfurecido mientras el peluquín
le bailoteaba en la cabeza como si intentara
escaparse—. ¡¡SI HUBIERA QUERIDO TRABAJAR CON DOS
PAYASOS, HABRÍA IDO AL CIRCO!!

—¡Perdona, jefe! —dijeron Moose y Tucker con voz pesarosa.

—¡Escuchad! Lo voy a explicar por ÚLTIMA vez —dijo Ralph—. ¡Este instituto tiene treinta y seis ordenadores, y cada uno vale una pasta! Y no hay seguridad de ningún tipo. ¿Sabéis lo que significa?

—¡¿Estás de broma?! —dijo Tucker emocionado—. ¡Eso significa que puedo actualizar mi Facebook! Tenéis que ver las últimas fotos que le he hecho a mi gato, el *señor Mitones*. ¡Ayer fue su cumpleaños!

—¡Deja de hablar de tu GATO! —gruñó Moose—. ¡Acabemos de una vez! Me pongo de mala leche cuando tengo hambre. Ojalá hubiera traído algo para picar. ¡Me MUERO de hambre, tíos!

—¡Muérete de HAMBRE en tu tiempo libre! —le bufó Ralph—. Ahora estás ocupado. ¡Llevad los ordenadores a la entrada!

¡VAYA! Estos tipos pretendían ROBAR todos los ordenadores nuevos del instituto.

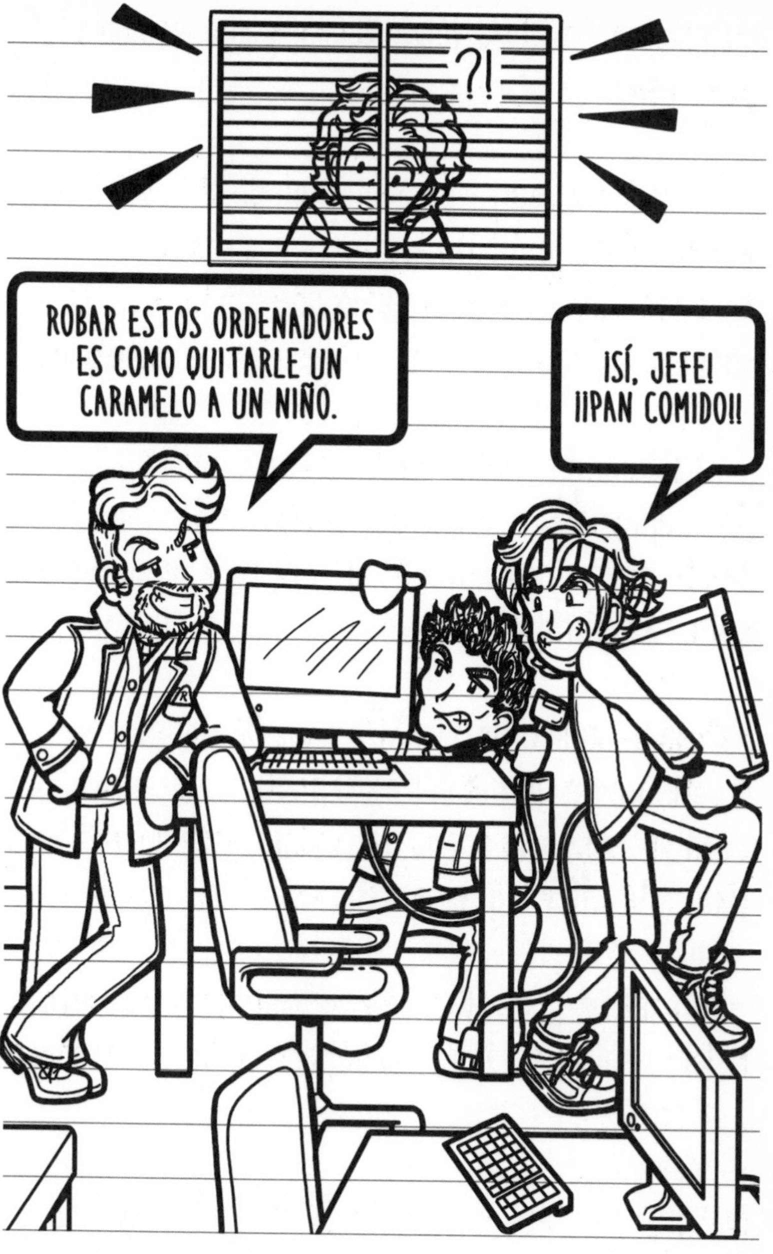
?!
ROBAR ESTOS ORDENADORES ES COMO QUITARLE UN CARAMELO A UN NIÑO.
¡SÍ, JEFE! ¡¡PAN COMIDO!!

—¡Hablar de PAN y de CARAMELOS hace que me dé más HAMBRE! —protestó Moose.

—La verdad es que yo también empiezo a tener gusanillo —admitió Tucker.

—¿Qué tal si llamamos al Cutrini Pizza? Tengo un cupón del 30 % de descuento en una docena de palitos de queso —dijo Moose.

—¡Tío, me apunto! —exclamó Tucker—. ¡Oye, Ralph! ¿Quieres palitos de queso?

—¡CLARO! Vamos a darles nuestra dirección. Y si tenemos suerte, nos ARRESTARÁN y el pizzero nos identificará en la rueda de reconocimiento. ¡¡Y todo porque vosotros, que sois IDIOTAS, queréis palitos de queso!! —gritó Ralph con sarcasmo—. ¡¡¡Pero lo mejor es que, cuando nos condenen a diez años, TE LLEVARÁN LA PIZZA A LA CÁRCEL!!!»

Tucker parpadeó incrédulo.

—Un momento, ¿pizza en la... CÁRCEL?

Yo estaba flipando: ¡tío, no te enteras! ¡Vas a ir a la CÁRCEL por robo!

—¡¿Qué pasa, Einstein?! —se burló Ralph—. ¿Te lo estás pensando?

—Solo me estaba planteando que si hay pizza en la trena, podría pedir una monstruosa de carne. O quizá una con salchicha, *pepperoni* y pimientos verdes. La semana pasada, comí una de jamón y piña con champiñones. ¡Estaba buenísima!

—Y la comida de prisión es gratis, ¿verdad? ¿Te lo imaginas? ¡Una buena pizza, recién hecha, y con el queso bien fundido, GRATIS! —A Moose se le hacía la boca agua.

Ralph sacudió la cabeza exasperado. Entonces, cerró los ojos y se masajeó las sienes.

—A ver, zoquetes... Cerrad el pico, ¿vale? ¡CERRAD EL PICO! —gruñó mientras se ponía rojo como un tomate—. ¡EL SIGUIENTE QUE ABRA LA BOCAZA SE GANARÁ ALGO QUE LLEVARSE A LA BOCA! ¡MI PUÑO!

Moose y Tucker asintieron frenéticamente y cerraron los labios con tanta fuerza, que parecía que hubieran chupado tubos de pegamento. Había tanto silencio que se podía oír caer un alfiler.

Entonces, de repente:

¡BIIIP-BIIIP! ¡BIIIP-BIIIP!

Los tres hombres se quedaron congelados, mientras miraban nerviosos a su alrededor: temían que se hubiera disparado una alarma antirrobo.

En realidad, el ruido de la alarma me resultaba muy familiar. Y lo que era más extraño, parecía que sonaba muy cerca de mí. Me miré la muñeca y tragué saliva.

¡Ah! ¡Porras!

No me podía creer que de verdad me estuviera pasando algo así. Entonces, murmuré, sin pensarlo.

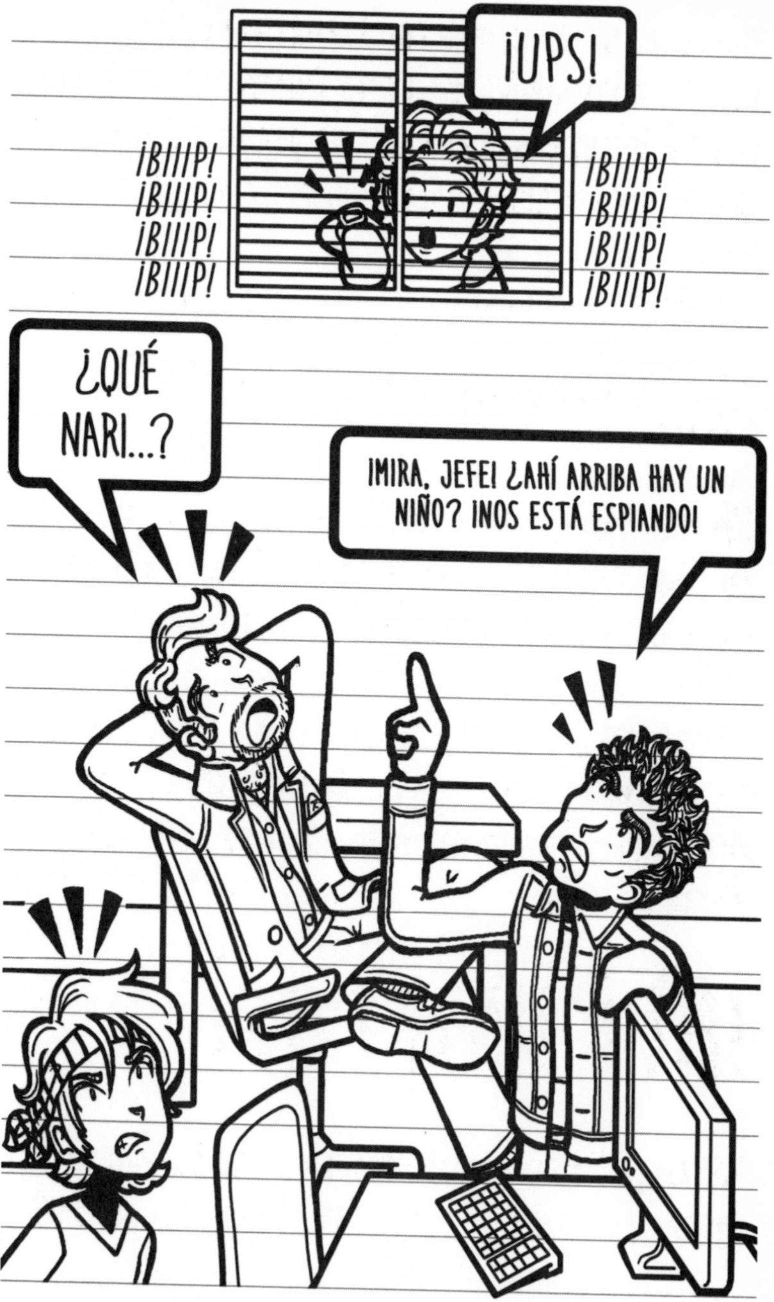
¡UPS!
¡BIIIP! ¡BIIIP! ¡BIIIP! ¡BIIIP!
¡BIIIP! ¡BIIIP! ¡BIIIP! ¡BIIIP!
¿QUÉ NARI...?
¡MIRA, JEFE! ¿AHÍ ARRIBA HAY UN NIÑO? ¡NOS ESTÁ ESPIANDO!

¡Los ladrones me habían visto! ¡Mi escondite había quedado al descubierto! Digamos simplemente que NO se alegraban de verme.

No moví un músculo mientras el corazón me latía en los oídos como el bajo de mi canción de rap favorita. ~~Tenía TANTO miedo que casi me lo hago en los pantalones, allí mismo, en el conducto de ventilación. LO DIGO EN SERIO.~~

Los tres hombres se acercaron lentamente, se quedaron mirándome como si fuera un mono en una jaula en el zoo de Westchester o algo así.

—Sí, Moose, ¡tienes razón! —susurró Tucker bruscamente—. HAY un niño ahí arriba.

—No sé QUIÉN es o QUÉ está haciendo. Pero de UNA cosa estoy seguro... —dijo Ralph con un tono amenazante.

—¿De qué, jefe? —preguntaron Tucker y Moose.

—Cuando le ponga las manos encima a ese crío...

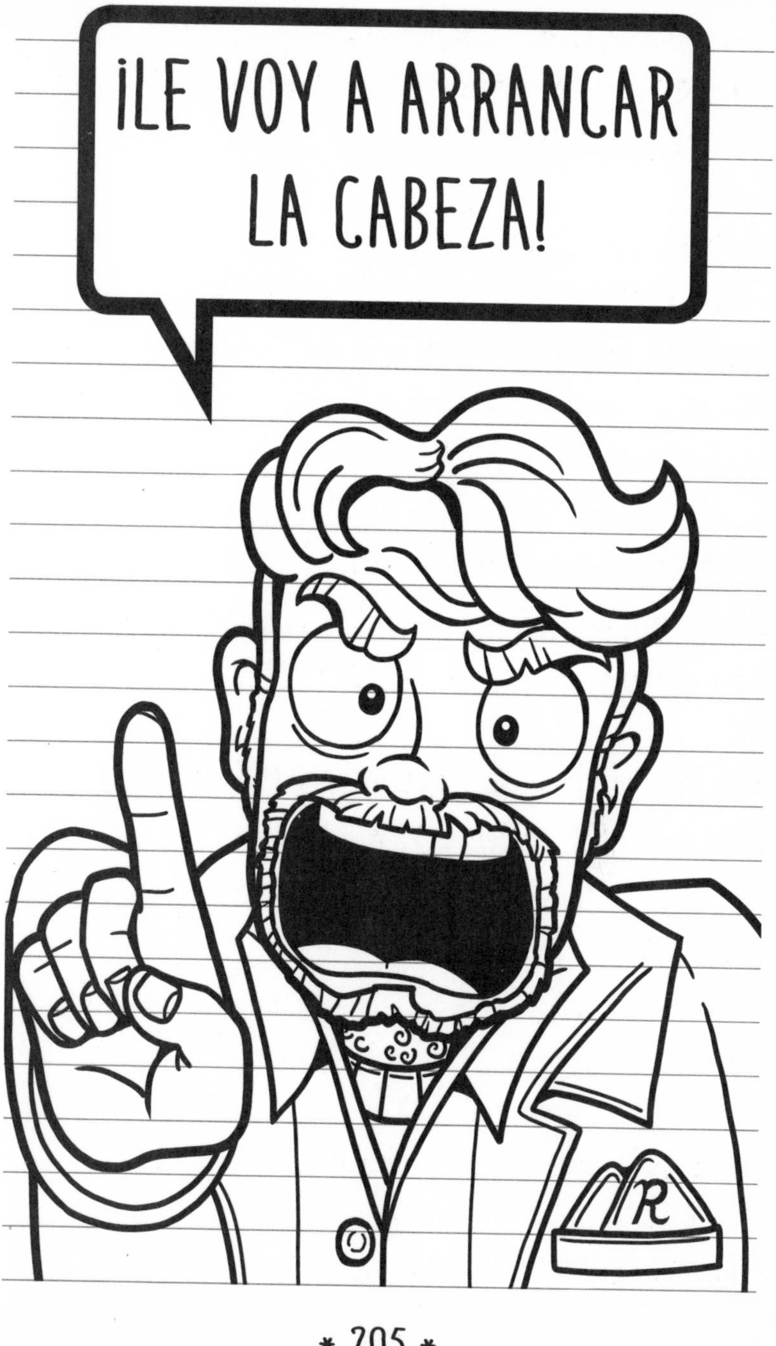
¡LE VOY A ARRANCAR LA CABEZA!

21. SI CONSIGO LLEGAR A CASA, CON VIDA, ¡MI PADRE ME MATARÁ!

Para ser sincero, NO me hacía ninguna ilusión que me arrancaran la cabeza.

Con la mirada de los tres hombres clavada en mí, retrocedí lentamente por el conducto de ventilación, hacia la total oscuridad, hasta que estuve seguro de que no podían verme, aunque yo a ellos sí.

En ese momento, Ralph empezó a gritar con todas sus fuerzas:

—¡¡NO OS QUEDÉIS AHÍ PARADOS COMO IDIOTAS!! ¡ID A PILLAR A ESE SOPLÓN! ¡BUSCAD EN TODAS LAS REJILLAS DE VENTILACIÓN DEL INSTITUTO HASTA QUE LO ENCONTRÉIS!

—Pero, Ralph, somos demasiado grandes, no cabemos —respondió Tucker.

—Sí, eso, ¿cómo se supone que vamos a pillarlo? —preguntó Moose.

—ENCONTRADLO y punto, CABEZAS DE CHORLITO. Yo me ocuparé del resto —gruñó Ralph.

—De acuerdo, Ralph. Pero ¿podemos, al menos, cenar primero? —preguntó Tucker.

—¿Queréis CENAR? ¡Yo os daré de CENAR! ¡OS ROMPERÉ LA BOCA Y A VER CÓMO COMÉIS ENTONCES! —gritó Ralph, mientras cogía una revista de la mesa que tenía al lado, y la enrollaba para usarla como arma—. ¡AQUÍ tenéis vuestra CENA!

¡PAM! Golpeó a Tucker en la cabeza.

—¡Ay! —gritó este.

—Os dije a los dos que COMIERAIS antes de salir, pero ¡NADA! ¡NUNCA escucháis!

¡PAM! Ahora, golpeó a Moose en la cabeza.

—¡Ay! —se quejó él.

—¿Aún tienes hambre? ¡Aquí va el POSTRE!

¡PAM! Volvió a dar un golpe a Tucker.

—¡EH! —protestó el hombre, mirando la revista—. Tío, ¡espera un segundo! Déjame echar un vistazo a esa revista.

—¿Y si te la hago tragar por pretender malgastar mi valioso tiempo? ¿Podrías verla entonces bien? —gruñó Ralph.

—¡Calla, Ralph! Relájate, ¿quieres? —Tucker cogió la revista de la mano de su jefe y entrecerró los ojos para leer la letra pequeña de la portada.

—Esto no es una biblioteca. ¡Lee en tu tiempo LIBRE, pedazo de IDIOTA! —espetó Ralph.

—¡NO PUEDE SER! Parece que es una edición limitada del COMICS DIGEST de 1972. ¡Estoy casi seguro de que vale una BUENA PASTA! —exclamó Tucker.

¡Se me aceleró el corazón! Parecía que estuviera describiendo el cómic de mi padre. Me adelanté un poco para verlo mejor.

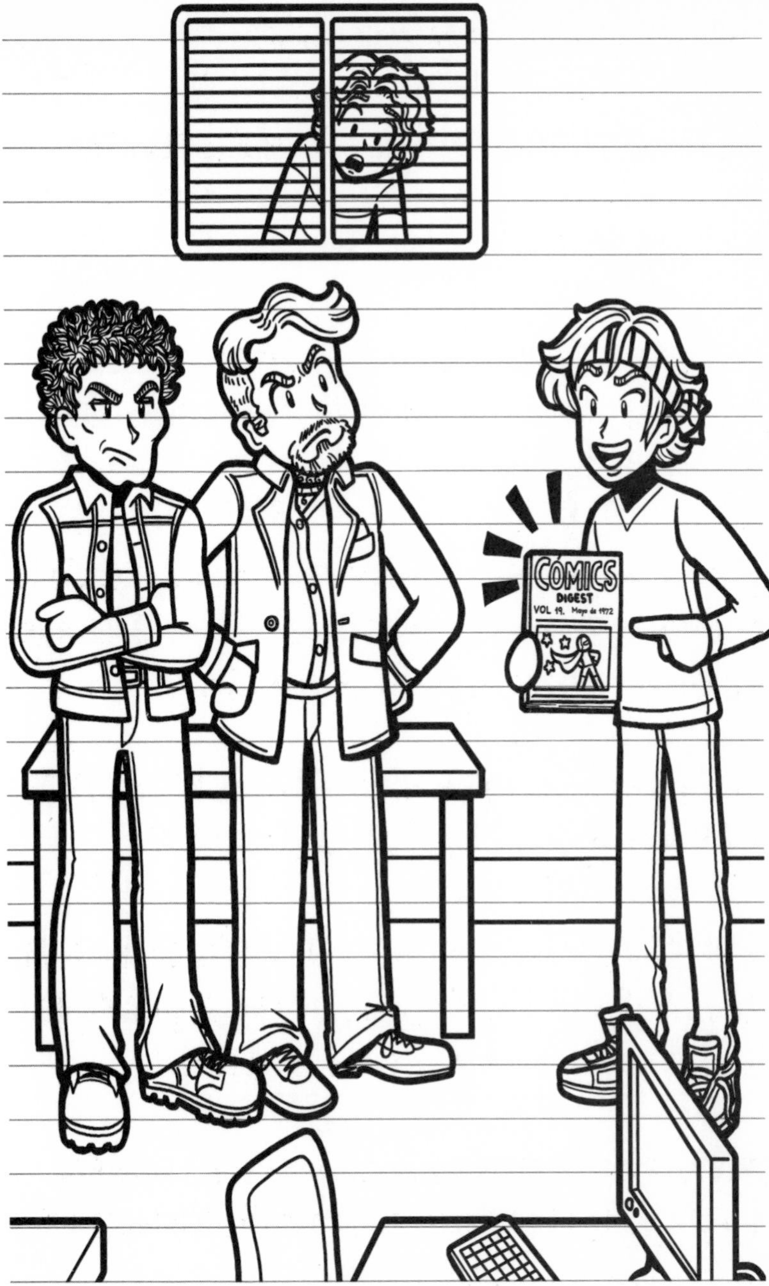
CÓMICS
DIGEST
VOL 19. Mayo de 1972

¡PORRAS! ¡Sí que ERA el cómic de papá! Debía de habérseme caído mientras jugaba a videojuegos en la sala de informática.

—Pues a mí me parece que no tiene ningún valor —repuso Ralph.

—Mira, colega, yo sé mucho de cómics, y te digo que este vale su peso en ORO. ¿Quieres pruebas? Puedo buscarlo en Google en este ordenador.

—¡Más te vale tener razón! ¡O esa revista será tu cena! —gruñó Ralph.

Admito que probablemente debería haberme centrado en alejarme de allí lo más rápido posible. Pero sentía curiosidad ~~por saber CUÁNTO HABÍA METIDO LA PATA por perder el cómic de mi padre.~~

—¿Ves, jefe? ¡Vale cinco mil dólares! E incluso más si está en excelentes condiciones —Tucker sonrió orgulloso.

¡¡¿5.000?!!

Fue como un puñetazo en el estómago.

—¡¡GENIAL!! No hay nada como el dinero fácil, chicos —exclamó Ralph—. Tucker, ¿por qué no dijiste nada antes de que te pegara con ella? Podría haber dañado este cómic valiosísimo con tu CABEZA DE CEMENTO. Venga, devuélvemelo.

—¡Espera un minuto! —protestó Tucker—. Dijiste que nos llevaríamos una PARTE de la mercancía. ¡Y eso incluye el cómic! Así que, por ahora, dejémoslo en esta mesa para mayor seguridad.

Esos matones estaban robando los ordenadores del cole Y el cómic de 5.000 dólares de mi padre.

Volví por los conductos de ventilación tan rápido como los brazos y las piernas me lo permitían.

Seguí cincuenta metros más y giré a la derecha, después treinta metros más y viré a la izquierda.

Acabé en un largo corredor, sin rejillas de ventilación. Era el sitio perfecto para descansar.

Lo único que podía oír eran las voces débiles y amortiguadas de los hombres, que seguían discutiendo sobre el cómic, mientras el corazón me latía en el pecho como un bombo.

Gotas de sudor me caían por la frente, mientras las manos y las rodillas me escocían por el roce con el conducto al arrastrarme.

Me senté, me cogí las rodillas y cerré los ojos. Empezaba a marearme. En ese momento me di cuenta de que estaba aguantando la respiración.

«¡Vamos a ver, Crumbly! ¡Contrólate! Si NO respiras, te va a costar mantenerte con vida.» Así que usé dos veces el inhalador e intenté respirar hondo.

Lo único PEOR que quedarse atrapado en el instituto solo después de clase es estar encerrado con tres ladrones SIN ESCRÚPULOS que se han propuesto arrancarme la cabeza.

Todo eso era muy serio. ¡¿Dónde estaban los

monitores de pasillo cuando REALMENTE los necesitabas?!

Alguien tenía que detener a esos rufianes. Pero, por desgracia, yo era el único «alguien» que estaba allí.

Mi instinto me decía que diera un paso al frente y fuera un héroe. Pero mis pulmones parecían tener otra opinión: «¡Ni se te ocurra! Son tres contra uno. Vamos a escondernos en la taquilla, tan segura y agradable, hasta que esos criminales recojan sus cosas y se marchen.»

Eh... Vale. Admito que mis pulmones tenían algo de razón. Sí, era un cobarde totalmente inútil. Y no tenía unos abdominales como los de Abusón.

Lo que sí TENÍA era mi CEREBRO y mi inhalador. Había llegado al nivel cuarenta y nueve de *Caballeros Valientes de la Galaxia* en tres días.

Y era prácticamente un experto en superhéroes y villanos después de leer miles de cómics.

Pero lo más importante es que necesitaba recuperar el cómic de papá ~~antes de que él se diera cuenta de que no estaba en casa y me retorciera el pescuezo.~~

Entonces, se me ocurrió mi plan BRILLANTE.

Mientras aquellos hombres estaban ocupados llevándose los ordenadores, yo podía arrastrarme por los conductos de ventilación hasta los despachos, coger un teléfono y llamar a la policía. Después volvería a la sala de informática, recuperaría el cómic de papá en los diez minutos que tardarían en llegar los agentes, y ¡ZAS! ¡Me convertiría en un HÉROE y en una CELEBRIDAD local!

¡GENIAL!

Así, cuando Abusón intentara buscar pelea conmigo otra vez, tendría un GRAN problema entre manos. ¿Por qué?

Pues porque tendría que LUCHAR por abrirse paso entre mi enorme grupo de amigos, admiradores, cazadores de autógrafos y chicas guapas que estarían coladitas por mí.

Mi vida JAMÁS volvería a ser la misma. No podía evitar sonreír solo de pensarlo...

YO

Mentalmente, tracé el camino hacia el despacho. Tiempo estimado de trayecto: 2,5 minutos. Sin embargo, justo cuando pasaba por delante de una rejilla de ventilación del pasillo principal, me topé con una pequeña complicación.

¡Bueno, en realidad TRES pequeñas complicaciones! ¡RALPH, TUCKER y MOOSE! Retrocedí un poco para que no pudieran verme.

—Vale, este es el plan. Yo me ocupo del ala norte. Tucker, tú del ala oeste, y Moose, del este. ¡Venga! ¡En marcha! ¡Tenemos que encontrar a ese chico antes de que sea demasiado tarde! —gruñó Ralph. Después, se marchó a toda prisa por el pasillo y desapareció de mi vista.

—¡Este instituto es ENORME! ¡No encontraremos al crío! —se lamentó Tucker—. Deberíamos coger los ordenadores y salir de aquí mientras podamos, pero Ralph es tan terco que dudo que nos escuche.

—¡Olvídate de Ralph! ¡Tengo una idea todavía MEJOR! —dijo Moose, y le guiñó un ojo.

—¡TÍO! ¿Estás pensando lo mismo que yo? —añadió Tucker riéndose.

—¡Sí, colega! ¡Seremos solo TÚ y YO! —respondió Moose con una sonrisa.

—¡Genial! —exclamó Tucker.

—¡En marcha! Tenemos que acabar antes de que vuelva Ralph —dijo Moose, mientras echaba a correr.

—¡Eh, Moose! ¡Espera! —gritó Tucker, mientras lo seguía a la carrera.

No tenía ni la menor idea de qué tramaban esos dos. Parecía que querían traicionar a Ralph, pero mientras estuvieran en MI camino, no me importaba. Me escapé por los conductos de ventilación, y al cabo de unos minutos, llegué a mi destino final...

¡¡LOS DESPACHOS!! Entonces me di cuenta de que los ladrones habían encendido todas las luces del insti.

Abrí la rejilla y bajé hasta el suelo a toda velocidad. Entonces, corrí al teléfono, lo descolgué y marqué el número de la policía. Miré con cautela por encima del hombro y dije en susurros, que aún así sonaron muy altos:

¡HOLA! ¡ES UNA EMERGENCIA!
¡QUIERO INFORMAR DE UN ROBO EN CURSO
EN EL INSTITUTO DE SECUNDARIA
DE SOUTH RIDGE!!

22. CÓMO «CENICIENTA» PERDIÓ SU ~~ZAPATITO DE CRISTAL~~ ZAPATILLA

—Perdona, pero ¿de QUÉ estás hablando? —dijo una adolescente muy molesta al otro lado de la línea—. ¿Es una broma?

—¡NO! ¡No es ninguna broma! ¡Es una EMERGENCIA! Eh... He llamado a emergencias, ¿no? —pregunté, confundido.

—Esto es Cutrini Pizza. Si intentabas llamar a emergencias, te has equivocado de número. ¡Adiós!

—¡Espera! ¡No cuelgues! ¡Solo QUEREMOS pedir una pizza! Con palitos de queso —dijo una voz muy familiar—. Tengo un cupón de descuento.

—¡Y no te olvides de las alitas picantes! —añadió una voz de fondo.

—¡Eso! ¡Y una ración de alitas picantes también!

¡Eran Tucker y Moose! No me podía creer que de

verdad estuvieran pidiendo una pizza, con palitos de queso y alitas, mientras robaban el instituto.

—Dejaré el dinero en un sobre en la puerta principal del instituto de South Ridge, y vosotros me dejáis allí el pedido, ¿vale? Vamos a estar aquí hasta tarde, y no quiero que te confundas y la líes —dijo Moose.

—Disculpa, ¡TÚ eres el que está CONFUNDIDO! ¿Quieres una pizza o tienes una emergencia? ¡Vas a tener que aclararte! Se supone que ya debería haber empezado mi descanso —explicó impaciente la chica al teléfono.

—¿Quién ha hablado de una emergencia? —preguntó Moose, empezando a irritarse.

Procuré poner la voz más grave.

—¡Yo! Soy..., eh... ¡el REPARTIDOR! ¡Y tengo una emergencia! No me quedan..., eh... cajas de pizza.

—Ah, vale. Entonces debes de ser Michael, ¿no? Mi mejor amiga, Emily, me ha dicho que rompiste con ella hoy, a la hora del almuerzo, sin razón alguna.

—En realidad, NO soy Michael. Soy..., eh..., el OTRO repartidor de pizzas —mentí.

—No me MIENTAS, Michael. Puede que le mintieras a Emily, pero ni se te ocurra intentarlo CONMIGO.

—¡A ver, señorita! ¿Cuánto tardarán en traernos el pedido? ¡Nos MORIMOS de hambre! —se lamentó Moose.

—¿Puedo hablar con el encargado? —supliqué—. Sobre mi..., esto..., mi problema con las cajas de pizza.

—¡No es con el encargado con quien NECESITAS hablar precisamente, Michael. ¡TIENES que hablar con EMILY!

—¡Es que NO soy Michael! Y NO quiero hablar con Emily.

—¿Nos puedes incluir la ración extra de alitas gratis que anunciáis en la tele? —preguntó Tucker.

—¿Sabes qué, Michael? ¡Olvídalo! Emily pasa COMPLETAMENTE de ti.

¡CLIC! (Entonces, la llamada se cortó.)

De repente oí unos golpecitos. Y cuando me di la vuelta...

¡¡FLIPÉ EN COLORES!!

¡Eran Moose y Tucker!

Estaban en la puerta, justo detrás de mí.

Corrí, salté e intenté subir al túnel de ventilación todo en un solo movimiento... Justo cuando Tucker y Moose entraron en el despacho.

Parecían algo confusos cuando pensaron que me había desvanecido. Finalmente Moose levantó la cabeza.

—¡MIRA! —exclamó, señalando hacia mí—. El chaval se escapa por ese CONDUCTO.

—¡Esta vez NO vas a conseguir escapar, enano...! —gritó Tucker mientras cruzaba el despacho y me agarraba del pie.

—¡TE PILLÉ! —exclamó Moose, aferrándose a mi pierna como unas tenazas.

Entonces, ambos empezaron a tirar de mí para sacarme del conducto de ventilación. Intenté sujetarme con todas mis fuerzas, pero no me sirvió de nada.

No era rival para esos dos...

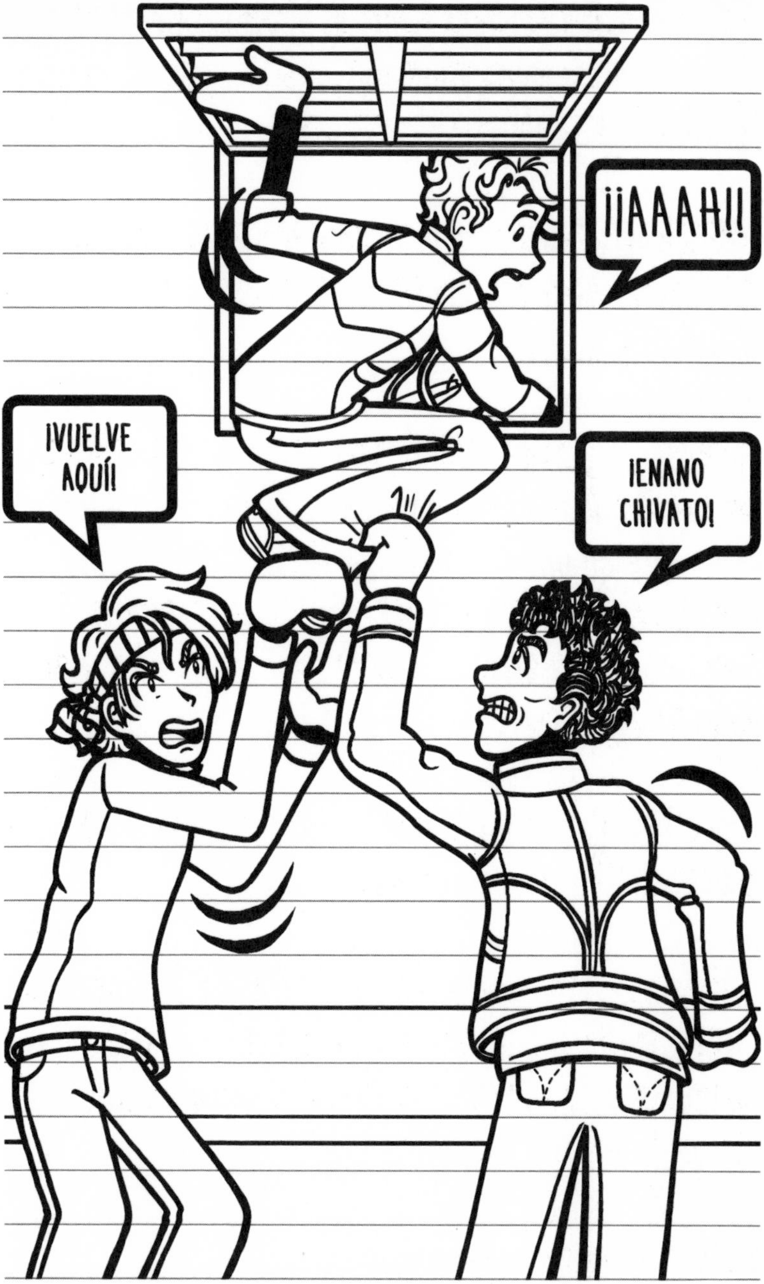
¡¡AAAH!!
¡VUELVE AQUÍ!
¡ENANO CHIVATO!

Entonces, con las pocas fuerzas que me quedaban, me puse de espaldas y empecé a dar patadas con el pie derecho.

—¡¡Ay!! —gritó Tucker—. ¡Ay! ¡Ay! ¡AAAYYY! Que me haces daño.

Por fin, era LIBRE.

Trepé a toda velocidad hasta el interior del conducto y cerré de un golpe la rejilla.

Cuando me di la vuelta, Tucker seguía con mi zapato en su mano, y Moose señalaba a la cara de Tucker.

—¡Eh, TÍO! ¿Sabes que tienes la marca de una suela de zapatilla en la cara? —exclamó con una carcajada Moose.

Tucker, furioso, lanzó la zapatilla hacia mí con todas sus fuerzas.

¡¡PAM!!

La zapatilla dio con la rejilla y rebotó golpeando a Moose justo en la nariz.

—¡AAAYYY! —gritó de dolor—. ¿Pod qué haz hecho ezo, Tucker? Cdeo que me haz doto la nadiz!

—¿Qué pasa? ¿Ya NO te hace gracia? ¿Sabes que tienes la huella de la suela de una zapatilla marcada en la nariz? —se mofó Tucker.

Ambos hombres se giraron y me fulminaron con la mirada.

Moose cogió mi zapato y lo balanceó delante de la rejilla mientras hablaba con voz aguda y chillona, solo para burlarse de mí.

—Vuelve aquí, Cenicienta. ¡Has perdido un zapato! ¿No quieres tu precioso zapatito? ¡Cenicienta!

Entonces, los dos se rieron aún con más ganas.

Yo me limité a poner los ojos en blanco.

«Jaja, qué GRACIOSOS —pensé—. Casi tanto como las huellas de mi zapatilla en vuestras caras.»

De vuelta en el sistema de ventilación y a salvo, me arrastré a gatas unos veinte metros, giré a la derecha y avancé otros treinta metros.

Mi llamada a emergencias había sido interceptada.

Los ladrones casi me atrapan.

Había perdido un zapato.

Me habían llamado Cenicienta.

Mi Plan A había fracasado estrepitosamente.

Así que había llegado el momento del Plan B.

Por desgracia, ¡no tenía!

23. ¡EL ATAQUE DEL RETRETE ASESINO!

Quería alejarme de esos rateros tanto como fuera posible.

¡Y RÁPIDO!

Después del fiasco del despacho, los tres se habían lanzado a mi caza y captura.

Comprobaban cada conducto de ventilación del pasillo principal con linternas. Así que conseguir que no me pillaran iba a resultar todavía MÁS complicado.

De repente, recordé el ÚLTIMO lugar en el que me gustaría estar en TODO el instituto.

¡El baño de los chicos del ala sur!

Mi insti es muy viejo y se han hecho grandes obras de mejora. Pero habían sido demasiado tacaños para arreglar ese baño, así que tiene telarañas y prácticamente nunca lo limpian.

Y como la mayoría de los retretes están estropeados o bien no se puede tirar de la cadena, huele a alcantarilla.

Ahora bien, dejad que os cuente el detalle MÁS EXTRAÑO de ese lugar.

Un chico de mi clase de gimnasia, Cody, al que apodan Ricitos de oro por su pelo rubio, afirma que una familia de mapaches salvajes vive allí.

¡Sí, ya lo sé! A MÍ también me suena bastante ridículo.

A ver, no estoy seguro de si los mapaches son peligrosos o no, pero ningún chico del insti estaba dispuesto a correr el riesgo de ~~que una familia de mapaches, de vuelta de su paseo por el bosque, lo pillara con los pantalones bajados,~~ entrar allí.

Prácticamente TODO EL MUNDO conocía la famosa leyenda escolar sobre...

CODY, RICITOS DE ORO, Y LOS TRES OSOS MAPACHES

CODY CONOCIENDO A LA FAMILIA
DE MAPACHES.

En cualquier caso, en ese momento, estaba dispuesto a asumir el riesgo de ser atacado por una familia de mapaches poco amigable.

Cuando por fin llegué a ese lavabo, estaba en peores condiciones de las que recordaba. En lugar de agua en los retretes, había un pringue espeso y negro, de la misma consistencia que el barro.

¡¡QUÉ ASCO!!

Había un cartel de «Fuera de servicio» pegado en la pared, y un chico había escrito la palabra «muy» encima, junto a un garabato de una cara triste.

Me pregunté si su pintada era una especie de AVISO críptico.

Mientras salía del conducto de ventilación, me falló el pie y tiré de la cadena sin querer.

Digamos, simplemente, que lo que ocurrió a continuación ~~me dejó traumatizado para el resto de mi VIDA~~ fue totalmente INESPERADO...

¡TIRÉ DE LA CADENA SIN QUERER!

ME SALPICÓ UN CHORRO DE BAZOFIA PEGAJOSA.

¡¡Y ME CAÍ EN EL AGUA PRINGOSA!!

¡CÓMO **ODIO** LOS AVISOS CRÍPTICOS ☹!

Olía PEOR que ~~un cubo de boñiga de vaca después de pasar dos días al sol en pleno julio~~ cualquier cosa que hubiera olido en toda mi vida.

¡Y eso estaba MAL en todos los sentidos!

En cualquier caso, había buenas y malas noticias.

La buena noticia era que, a pesar de los rumores del insti, NO me había atacado una manada de mapaches rabiosos.

La mala noticia era que necesitaba cambiarme de ropa ¡CUANTO ANTES!

Antes de que el horroroso tufo acabara por completo con las pocas NEURONAS sanas que me quedaban.

24. SIN SUERTE, CUBIERTO DE PORQUERÍA Y APESTADO

No malgasté tiempo en decidir que moverme por los conductos de ventilación sería demasiado peligroso. En cuanto los ladrones me olieran, podrían seguirme a cualquier parte del instituto solo por el olor.

Y si me encontraban, ¡era HOMBRE MUERTO!

~~Lo que, por cierto, sería una coincidencia ENORME, puesto que ya olía a MUERTO.~~

Salí a hurtadillas del baño y caminé pasillo abajo en silencio...

¡ÑIC! ¡ÑIC! ¡ÑIC! ¡ÑIC! ¡ÑIC!

Con cada paso, hacía un ruido irritante y dejaba una huella apestosa de porquería. Apenas tuve tiempo de esconderme detrás de una planta enorme cuando vi a los ladrones salir de la oficina a un pasillo adyacente.

Ralph hablaba por su móvil, pero estaba muy pálido, como si hubiera visto a un fantasma.

—¡Tranquila, Tina! ¡Por favor, cariño! Olvidé que tu madre venía a cenar —balbució nervioso—. ¡No! ¡No pretendía faltarle al respeto! Escúchame, en cuanto acabe la reunión de trabajo, volveré directamente a casa. Sí, yo también te quiero, cariño. Adiós.

Ralph se secó el sudor de la frente.

—ODIO que Tina me interrumpa cuando intento trabajar —refunfuñó él.

—¡Tu mujer es el DEMONIO, tío! —se rio Tucker—. Casi da MÁS MIEDO que tú.

—¿Quién es el BEBÉ ahora, eh? —replicó Moose—. ¡Ralph, estabas TAN asustado que parece que te has HECHO PIS en los pantalones!

No pude evitar poner los ojos en blanco. En realidad, ese OLOR venía de... ¡MÍ! Intenté disipar el tufo agitando la mano en el aire.

—¡CALLAOS de una vez, LERDOS! —gruñó Ralph—. He cortado las líneas telefónicas, pero todavía tenemos que encontrar a ese chico. Es la única persona que puede identificarnos. Todavía no hemos buscado en el ala sur. Así que ya os estáis poniendo manos a la obra.

¡¡¿EL ALA SUR?!! ¡Ahogué un grito! Eso significaba que Tucker y Moose venían hacia mí. ¡Eché a correr! *¡ÑIC! ¡ÑIC! ¡ÑIC!*

Traté de entrar en el vestuario de chicos, pero la puerta estaba cerrada. ¡ZAS! Así que corrí hasta la esquina del pasillo, y eché un vistazo al otro lado, con el corazón a punto de salírseme por la boca.

—Tucker, ¿has oído ese chirrido? Podría ser el chico. ¡Sígueme! —exclamó Moose mientras ambos corrían hacia el lugar de donde venía el sonido.

Aguanté la respiración mientras Moose y Tucker corrían por otro pasillo hacia donde estaba yo.

Estaban a poco más de cinco metros, cuando oí...

¡VOY A CARGARME A ALGUIEN! ¡¿QUIÉN DEMONIOS HA PEDIDO UNA **PIZZA**?!

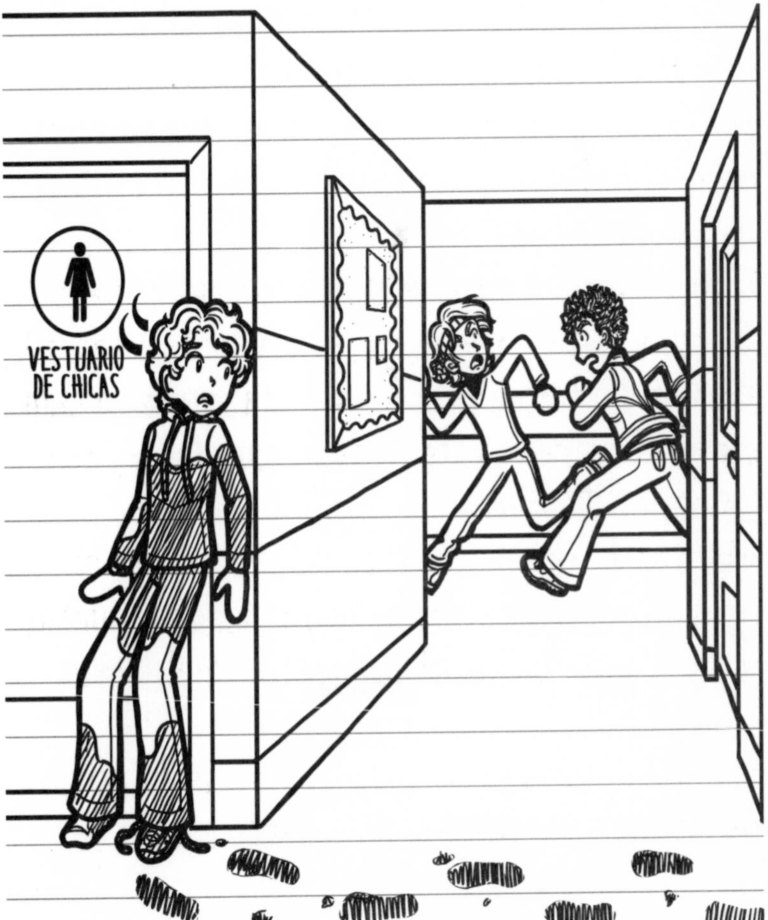
VESTUARIO
DE CHICAS

¡Era RALPH! ¡Y parecía que se le había ido la pinza!

Al parecer, había llegado el pedido de Moose y Tucker de Cutrini Pizza.

Justo a tiempo. Al enterarse de que su pizza estaba allí, los dos hombres se distrajeron y pasaron por delante de mi escondite. ¡FIU! ¡Por los pelos!

Pero a juzgar por lo ENFADADO que parecía estar Ralph, yo les habría aconsejado que SIGUIERAN corriendo. ¡Hasta la SALIDA más cercana!

En cualquier caso, con tanto drama, ~~gritos y palabrotas~~, yo parecía ser la última de sus preocupaciones en ese momento.

Lo que significaba que me dejarían en paz durante los próximos diez minutos, y me daría tiempo a recuperarme y trazar otro plan.

Suspiré aliviado y me apoyé en la puerta que había detrás de mí.

Me sorprendí al ver que no estaba cerrada con llave, y que la puerta se abría. Así que decidí entrar...

Sí, iya, YA LO SÉ! Probablemente estarás pensando...

¡TÍO! ¡¡HAS PERDIDO LA CABEZA!!

¿VAS A ENTRAR EN EL VESTUARIO DE LAS CHICAS?

¡ES UNA IDEA PÉSIMA POR MUCHAS RAZONES!

Lo siento, pero ~~por fin iba a poder ir al baño, gracias a Dios~~ estaba tan EXHAUSTO, tan DESESPERADO y tan asustado...

¡Que ni siquiera me importaba!

25. ¿POR QUÉ HABÍA UN CHICO EN EL VESTUARIO DE LAS CHICAS?

¡A ver, escuchadme todos! Tengo que desahogarme y decir esto, no aguanto más.

Solo una persona extremadamente INMADURA montaría un número porque un chico entre en el vestuario de las chicas.

¡No seáis RETORCIDOS! Era una EMERGENCIA. Y solo tenía DOS opciones:

1. Correr por el instituto ~~DESNUDO~~ como mi madre me trajo al mundo.

2. Buscar algo de ropa en el reino prohibido conocido como VESTUARIO DE LAS CHICAS.

Como dije antes, ¡YA NO ME IMPORTABA!

Aunque, bueno, tengo que hacer una confesión...

¡MENTÍ!

Cuando puse un pie DENTRO del vestuario de las chicas, FLIPÉ en colores.

No sé por qué, empecé a temblar como un loco.

No estaba seguro de si era por el efecto del aire acondicionado o si me había quedado de PIEDRA al asomarme al DESCONOCIDO MUNDO de las CHICAS.

«¡Contrólate, Crumbly! —dije para mis adentros—. ¡Esta es una situación de VIDA o MUERTE!»

Pero no hablaba de Tucker, Moose y Ralph.

Si no me deshacía de esa ropa cubierta de pringue, el TUFO acabaría conmigo MUCHO antes de que los ladrones pudieran atraparme.

Cogí mi inhalador y lo usé varias veces (mientras me tapaba la nariz).

Entonces, decidí echar un vistazo a mi alrededor.

La buena noticia es que aprendí algo nuevo.

El vestuario de las chicas se parecía mucho al de los chicos. Supongo que esperaba un palacio rosa lleno de arco iris, pastelitos y potrillos de unicornio...

¡Yo no he dicho que supiera nada de chicas!

Busqué en la mayoría de las taquillas, y estaban todas vacías.

¡No había ni una sola prenda de ropa POR NINGUNA PARTE!

Entonces, me entró el pánico.

¡Venga ya! ¿Cómo podía estar pasando esto?

¿No era ese el VESTUARIO DE LAS CHICAS, por el amor de Dios?

Estaba a punto de abandonar toda esperanza ~~y echarme a llorar.~~

Pero, por suerte, me tocó el gordo con una de las taquillas de la pared del fondo...

¡POR FIN ENCONTRÉ ALGO DE ROPA!

¡GENIAL! Estaba deseando librarme de esos trapos de «caca costura». Pensaba tirarlos al lugar al que pertenecían. ¡AL RETRETE!

Lo siento, señor de mantenimiento. Considérelo justicia poética.

Miré con más detalle las prendas que había conseguido, y de inmediato me di cuenta de que tenía una pequeña crisis de moda entre manos.

~~¿Por qué la ropa de las chicas tenía que ser tan...~~
~~FEMENINA?~~

Era un mono azul celeste, brillante, con una capa plateada cosida y un cinturón de madre hortera.

Aquel tejido ultraelástico y brillante parecía poder estirarse lo suficiente para que cupiera yo ~~y tres~~
~~miembros del equipo de fútbol.~~

Había una falda transparente con lentejuelas y copos de nieve brillantes doblada en la balda de arriba, y pensaba dejarla justo ahí.

Lo siento, pero ese conjunto era un DESASTRE TOTAL. Solo me faltaba una BANDA de color rosa brillante para taparme los ojos y así no tener que VERME.

También caí en la cuenta de que la bolsa de los zapatos llevaba bordada la letra E.

Conozco varios nombres de chica que empiezan con esa letra, como Erma, Edna y Ethel.

Obviamente, esos nombres NO SON tan populares entre las adolescentes como Erin, pero había estudiado siempre en casa, ¿recordáis?

Y Erma, Edna y Ethel son ancianas muy simpáticas que solían ir a casa de mi abuela, y que jugaban al bingo los sábados en el centro para la tercera edad.

~~¿Sabéis que Ethel prepara unas galletas de canela MUY BUENAS?~~

En cualquier caso, encontré un paquete de papeles arrugados en el suelo de la taquilla. Era el guion de la obra *La princesa del hielo*, con una lista del elenco. ¡Y la única persona del reparto cuyo nombre empezaba con E era Erin! Así que no cabía duda: ¡estaba SAQUEANDO la taquilla de gimnasia de Erin Madison! ¡¡NOOO!!

Eso me convertía en un completo PIRADO, ¿verdad? Me puse colorado por la vergüenza, y cerré de un golpe su taquilla. Desde luego, me sentía como un auténtico BICHO RARO tomando prestada la ropa de la chica ~~por la que estaba colado~~.

Pero TENÍA que deshacerme de mi ropa fría, húmeda, apestosa y cubierta de un pringue que probablemente supusiera un riesgo biológico.

~~¿Y si llevaba bacterias en el bolsillo de mi camisa más mortales que la PESTE BUBÓNICA? ¡Podría matar a toda la HUMANIDAD sin querer!~~

Así que ~~en mi heroico intento de salvar el mundo,~~ tomé la decisión de coger el disfraz de princesa del hielo de Erin.

Si lo llevaba a la tintorería y lo volvía a guardar en su taquilla, no llegaría a darse cuenta de que lo había cogido.

Ahora, necesitaba encontrar unos zapatos.

Aunque mi nuevo apodo era Cenicienta, NO me veía poniéndome esos zapatitos con diamantes falsos incrustados, tipo princesa, y con tacones de siete centímetros...

¡SÍ! SON MONOS. PERO NO DE MI ESTILO.

Tuve más suerte saqueando la caja de objetos perdidos.

Conseguí un par de botas de cuero geniales, con hebillas, perfectas para conducir una rápida y furiosa motocicleta...

ESTAS BOTAS DE MALOTE MOLAN INFINITO.

OBJETOS PERDIDOS

Pero aún me esperaba la MEJOR parte.

También había un TELÉFONO MÓVIL. ¡Y funcionaba! ¡GUAY!

Decidí tomarlo prestado de forma temporal, por si acaso pasaba algo y TENÍA QUE usarlo. Tener un teléfono me quitaba un peso enorme de encima, porque, una vez consiguiera recuperar el cómic, podría llamar a la policía.

Me cambié a toda prisa y procuré no pensar en que llevaba puesta la ropa de Erin. Aunque sabía que debía de estar ridículo, no pude resistirme a mirarme en el espejo de cuerpo entero que había allí.

«¡HALA!», murmuré para mis adentros, perplejo.

Sí, probablemente si me vieran así mis compañeros se reirían de mí o me pegarían un puñetazo en la cara.

Pero, en la COMIC-CON, triunfaría y todo el mundo me chocaría los cinco...

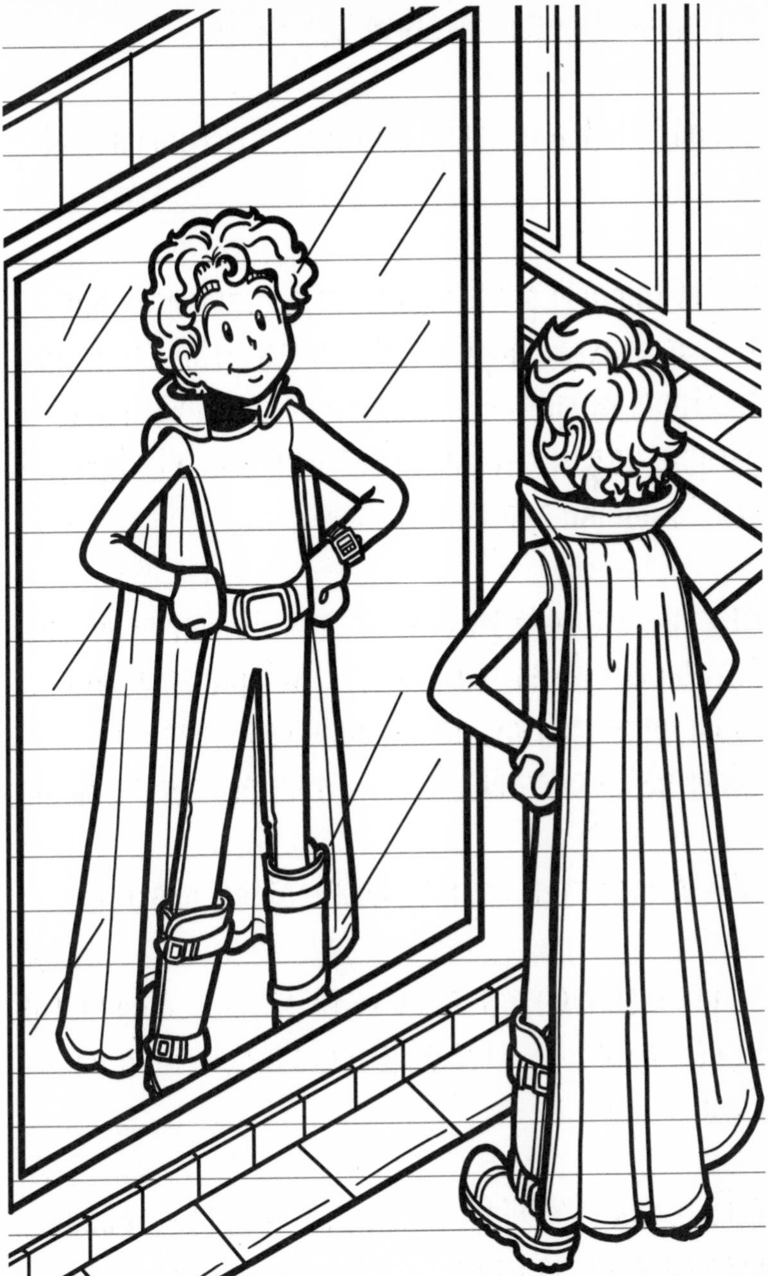

Verme vestido con el traje completo no me hizo explotar la cabeza, como había temido.

Casi parecía una versión adolescente de Spiderman. Pero con capa y con unas botas supercañeras.

Curiosamente, de repente me sentí inteligente, fuerte, seguro y un poco como un... ¡SUPERHÉROE!

~~Pero estoy de acuerdo con vosotros. Probablemente era solo el efecto psicológico secundario de respirar los vapores TÓXICOS de alcantarilla que desprendía mi ropa.~~

Me había SORPRENDIDO mucho a mí mismo al conservar la calma, salir de mi taquilla y lanzarme a navegar por el enorme sistema de ventilación del instituto, demostrando que soy más astuto que esa pandilla de maleantes.

¡Y ni siquiera ME HABÍAN MATADO! Al menos TODAVÍA. Así que, sí, Max C. tiene unas HABILIDADES INCREÍBLES. ¡Sin duda!

Mi siguiente tarea sería averiguar qué hacer con
mis cosas.

El traje tenía un bolsillo trasero que debía de
servir para guardar la batería del micrófono. Con
gran esfuerzo, conseguí meter allí mi diario, mi
inhalador y el teléfono móvil.

Como no había sitio para mi linterna, me agaché
y la guardé en la bota.

¡POR FIN! Estaba listo para empezar mi MISIÓN de
recuperar el cómic de mi padre e impedir que los
ladrones se llevaran los ordenadores del instituto.

Solo había una cosa para la que NO ESTABA
preparado: una extraña voz dijo detrás de mí:

—¡¿HOLA?!

26. EL PEOR TONO DE LLAMADA DEL MUNDO

Las ÚNICAS personas que había en el insti además de mí eran Tucker, Moose y Ralph. No me habría sorprendido oír voces MASCULINAS gritando y hablando de ARRANCARME la cabeza. Pero ¡era una voz de CHICA!

—¡¿HOLA?! —dijo de nuevo.

Me quedé helado, y miré nervioso a mi alrededor.

—¿Qui... quién ha dicho eso? ¿Qui... quién anda ahí?

Lo único que vi fuera de lugar fue una cucaracha enorme muerta. Me estremecí ¡PUAJ! Desde que los vecinos nuevos de mi abuela se mudaron hace unas semanas, he desarrollado una fobia a las cucarachas. Probablemente porque el padre conduce una furgoneta siniestra con una cucaracha encima.

~~Y siempre que pasaba al lado de esa cosa medio esperaba que me agarrara y me mordiera la cabeza como si fuera una mantis religiosa. ¡Oye, no os riais! He tenido algunas pesadillas que daban MUCHO miedo.~~

Pero los bichos no hablan. Y mucho menos los MUERTOS. Entonces, volví a oír la voz de la chica:

—¡¿HOLA?! ¿QUIÉN es?

Entonces, me di cuenta de que la voz estaba cerca, ¡MUY cerca! DETRÁS de mí. Me di la vuelta, presa del pánico, pero no había nadie. Vale, aquello era ¡DE LOCOS! ¿Estaba embrujado el vestuario de las chicas? ¿O es que mi PEOR pesadilla se había hecho realidad?

—¡AY, NO! —chillé histérico—. ¡Oigo voces! Estos vapores TÓXICOS de alcantarilla han acabado con las pocas neuronas sanas que me quedaban. ¡Y ahora tengo daños irreversibles!

—¡¿En serio?! Qué excusa tan PENOSA para robarme el móvil y después llamarme para burlarte de mí —respondió la chica—. Está claro que tienes problemas.

Entonces, me di cuenta de que la voz NO provenía del interior de mi cabeza. En realidad, salía de...

¿MI TRASERO?

Rápidamente, saqué el móvil de mi bolsillo de atrás y me quedé mirándolo. Entonces, la chica dijo:

—Eh... ¿HOLA? Siento MUCHO todo esto. No pretendía llamarte. Ha sido un accidente. ¡En serio! —me disculpé—. ¡ADIÓS!

Entonces, le di al botón rojo para acabar la llamada. Problema solucionado.

—¡JEFE, VEN A VER ESTAS PISADAS PRINGOSAS! SEGURO QUE SON DE ESE CHICO —gritó alguien desde el otro lado del pasillo.

¡Era TUCKER! Los ladrones me pisaban DE NUEVO los talones.

De repente, en el teléfono móvil empezó a sonar la canción cutre de una banda de chicos...

«OYE, NENA, ESTA ES NUESTRA HISTORIA. CON TU AMOR, LLÉVAME A LA GLORIA.»

No pude evitar un escalofrío. Era el PEOR TONO DE LLAMADA DEL MUNDO.

La mayoría de las chicas, incluida mi hermana Megan, escuchan la canción de esa banda de chicos SIN PARAR desde que salió hace unas semanas. Yo la ODIO. ~~Podría comerme un bol de sopa de letras y EVACUAR letras mejores.~~

¡Pero, por favor, no le digáis a la PSICOFAN de mi hermana lo que he dicho! ~~¡Me aplastaría el cráneo como un cartón de zumo vacío!~~

Respondí rápidamente al teléfono, básicamente para que esa canción horrible dejara de sonar.

—¿HOLA?

—NO me puedo creer que me hayas COLGADO! —dijo la chica con mucha frialdad.

—Escucha, ¡ahora mismo no puedo hablar! —dije, pues empezaba a molestarme—. Estoy muy ocupado, ¿vale?

—¡Deja que lo adivine! ¿Estás ocupado robando más móviles? —respondió.

—¡Yo no te he ROBADO el teléfono! ¿QUIÉN eres?

—¿Cómo que quién soy? ¿Quién eres TÚ? —me replicó—. ¡Tienes MUCHO morro para llamarme a mi propia casa y gastarme una broma!

—No lo hice a propósito. He debido de marcar con el TRASERO. Encontré tu móvil en la caja de objetos perdidos del vestuario de chicas. Solo necesito tomarlo prestado, ¿de acuerdo? Y cuando haya acabado de usarlo, volveré a dejarlo allí. Lo prometo. ¡Adiós!

¡CLIC! Le colgué otra vez. ¡Problema solucionado!

—¡Las huellas llevan al vestuario de los chicos! ¡Seguro que todavía está dentro! —aulló Moose.

Estaban al otro lado del pasillo. Corrí para cerrar MI puerta, pero hacía falta una llave. ¡¡VAYA, GENIAL!!

El teléfono empezó a sonar de nuevo con aquella estúpida cancioncilla....

«OYE, NENA, ESTA ES NUESTRA HISTORIA. CON TU AMOR, LLÉVAME A LA GLORIA.»

Miré la puerta, nervioso, con la esperanza de que los ladrones no hubieran oído la música antes de responder de inmediato a la llamada.

—¿HOLA? Siento que perdieras el teléfono, pero tienes que DEJAR DE LLAMAR, ¿vale?

—¡¿QUÉ estabas haciendo en el VESTUARIO DE LAS CHICAS?! —me gritó—. ¡Espera, no, no quiero saberlo!

—¡No es lo que crees! Necesitaba... Olvídalo. Escucha, voy a colgar, pero POR FAVOR, no me llames más. ¡Vas a hacer que me MATEN! —le grité con un susurro—. Estoy en una situación de emergencia. ¡Me enfrento a unos ladrones dementes! ¡Y no quiero que oigan sonar el teléfono!

—¡¡¿LADRONES?!! ¡¿En serio?! —exclamó la chica—. Deberías habérmelo dicho antes. Voy a llamar a la policía. ¡¿Dónde estás?! Necesitarán una dirección.

—¡¡NO!! ¡POR FAVOR, NO LO HAGAS! Bueno, ahora no. Además, no he dicho ladrones, he dicho... ¡¡RATONES!!

—¡¿RATONES DEMENTES?! ¡Vale, chaval, necesitas ayuda, pero NO de la policía!

¡PAM! ¡PAM! ¡PAM!

¡Los tipos estaban aporreando la puerta del vestuario de chicos al otro lado del pasillo!

—¡Esto es una LOCURA! —murmuré mientras asomaba la cabeza con cautela...

LOS LADRONES, PIDIÉNDOME QUE ABRA LA PUERTA DEL VESTUARIO DE LOS CHICOS.

—¡SÍ, CHAVAL! ¡PUEDES CORRER, PERO NO PUEDES ESCONDERTE! ¡SOMOS MÁS LISTOS QUE TÚ! ¡RÍNDETE! —aulló Tucker.

Moose chilló como un cerdo:

—¡ABRE LA PUERTA, CENICIENTA! ¡TENGO TU ZAPATO! ¡¿NO QUIERES TU ZAPATO, CENICIENTA?!

—¡SE ACABÓ! ¡SE ACABÓ ESTE JUEGO, GAMBERRO! —gruñó Ralph—. ¡¡ANTES DE QUE SE HAGA DE DÍA, VAS A ACABAR EL INSTITUTO, CHAVAL!!

—Mira, no quiero meterme en tu vida, pero suena como si estuvieses metido en un problema bien GRANDE —me dijo la chica—. ¿Sigues en el INSTI tan tarde? ¿POR QUÉ? ¿CÓMO?

—Pues... ¿me creerías si te dijera que es por... accidente? —musité.

—¡¿Accidente?! ¡Un momento! ¡DIOS MÍO! ¡¿Eres MAX CRUMBLY?! Soy ERIN.

—¿E... Erin? —balbucí—. Recuerdo que me dijiste que buscabas algo, pero no sabía que hablabas de tu teléfono. Bueno... pues lo he encontrado.

¡PAM! ¡PAM! ¡PAM!

—¡ABRE, CHAVAL! ¡TIRAREMOS LA PUERTA SI HACE FALTA! —chilló Ralph.

—¡Sí que son LADRONES! Los oigo gritar y hacer ruido de fondo. ¡Por favor, dime la verdad! —dijo Erin.

—¡Ah! ¿ESOS ladrones dices? —Solté una risa nerviosa—. Creo que fui un poco duro al llamarlos dementes. ¡Empezamos con mal pie, nada más! No te preocupes, lo tengo todo controlado.

—¡¿De verdad esperas que me lo crea?!

—Bueno, Erin, me encantaría seguir charlando contigo, pero, por desgracia, ¡voy a tener que colgarte de nuevo sin ninguna educación! ¡ADIÓS!

Me metí con rapidez el móvil en el bolsillo.

Luego me quedé mirando la puerta con la cerradura sin echar.

No había forma alguna de escurrirme entre aquellos tres matones.

La situación era desesperada. Estaba atrapado.

—¡¡GENIAL!! ¡JAMÁS saldré de aquí con vida! —exclamé.

—Oye, sabes que sigo AQUÍ, ¿verdad? —dijo Erin con ironía.

¡UPS! Creo que se me olvidó darle al botón rojo de colgar.

—¡MAX, NO CUELGUES! ¡VOY A LLAMAR A LA POLICÍA AHORA MISMO!

27. ¡¿ME FALTA UN HERVOR?! ¡¿EN SERIO?!

Lo primero que haría la policía sería contactar con mis padres. Luego tendría que explicarles DÓNDE había pasado toda la tarde, CÓMO me había quedado encerrado dentro de mi taquilla, QUIÉN lo había hecho y POR QUÉ el cómic de mi padre estaba en el instituto.

Más pronto que tarde, sería el ÚNICO estudiante de octavo de TODO EL PLANETA que iba a beber zumo de un vasito de bebé y echar siestas sobre una manta esponjosa ¡mientras me DABA CLASES MI ABUELA!

Lo siento, pero eso NO le iba a pasar a Max C. Las situaciones desesperadas exigen medidas desesperadas, como, quizá, decir la ¡¡VERDAD!!

—¡Espera, Erin! ¡POR FAVOR! ¡No llames a la policía! —le supliqué—. Voy a decirte la verdad, ¿vale? Esos ladrones tienen algo muy, muy valioso que es de mi padre. Cometí la estupidez de traerlo al instituto aunque me lo había prohibido. ¿Te haces una idea del lío en el que me voy a meter por eso? Y por si fuese poco, mis padres no me dejarían volver a clase.

»Me estaba empezando a gustar este sitio. ¡Bueno, menos Abusón Thurston! Y también me fastidia no tener ningún amigo aquí. Además, estoy harto de que me metan en mi taquilla. Vale, en realidad... ¡ODIO ESTE INSTITUTO! ¡Pero odio MÁS que mi ABUELA me dé clases en casa! Y si me tengo que ir, al menos quiero hacerlo según mis propias condiciones...

¡Ya, ya lo SÉ! Qué PATÉTICO. Pero tenía que convencer a Erin de que NO llamara a la policía, o sería hombre muerto. Así que seguí...

—Bueno, mi plan es recuperar lo de mi padre ANTES de que venga la policía. Solo necesito quince minutos. ¡Tal vez incluso MENOS! Por favor, ¿me das una oportunidad? CONFÍA en mí.

De repente, al otro lado del teléfono no hubo más que silencio. ¿Me había colgado?

—¡Hola! ¿Sigues ahí? ¿No? Bueno, no te culpo. Yo tampoco perdería el tiempo hablando CONMIGO...

Luego oí un largo suspiro.

—¡MAX CRUMBLY! No me has dado NINGUNA razón para confiar en ti. Eres un insensato y estás fuera de la realidad. ¡Pienso que te falta un hervor!

¡¡AU!! ¡¡Eso me DOLIÓ!!

—Pero... voy a confiar en ti. Solo porque eres mi amigo —me explicó.

¡¡HALA!! ¡¿Erin Madison acababa de llamarme AMIGO?!

—Con DOS CONDICIONES —añadió Erin—. En primer lugar, tienes que dejar que te ayude. Puedo utilizar el sistema de cámaras y luces del instituto y seguir desde aquí a los ladrones.

—¡Un momento! ¡¿Nuestro instituto tiene cámaras de vigilancia?! —exclamé pasmado—. ¡NO PUEDE SER!

Me estremecí al pensar en que todos mis compañeros se habían partido la caja al ver en sus móviles el martes a la hora de comer los vídeos de mis múltiples metidas de pata y enormes tonterías.

TODO EL MUNDO VIENDO EL VÍDEO
EN LA CAFETERÍA Y RIÉNDOSE DE MÍ.

—Bueno, todavía no funciona por todo el instituto. Están instalando las cámaras por fases mientras se consigue el dinero —me explicó Erin—. Pero menos da una piedra. Tendremos audio y vídeo, y podré controlar las luces y el sistema de altavoces y otras cosas. Solo necesito la contraseña para tener acceso.

—Ah, ¿solo eso? ¿Nada más la contraseña? ¡Parece fácil! —dije con tono sarcástico.

—Pues para que lo sepas, listillo, soy la presidenta del club de informática, así que tuve que ir a secretaría a que me diesen una clave para nuestra página web. Vi cómo el director entraba en su despacho y la sacaba de una ficha que tenía pegada con cinta adhesiva a la base de un trofeo de bolos. Supongo que tiene anotadas ahí todas las contraseñas. ¿Podrás ir a ver?

—¿En serio? ¿Un trofeo de bolos? ¡Claro que sí! —respondí.

—Y ahora, mi segunda condición —continuó Erin—. Es muy importante. NI SE TE OCURRA COLGARME DE NUEVO.

Pon el teléfono en vibración. Y si no contestas a la tercera llamada, pensaré que te han cazado y llamaré a la poli. ¿Tenemos un TRATO?

—¡Venga ya! Si te acabo de explicar por qué lo hice —protesté.

—¡Tú decides, Max! O lo tomas o lo dejas.

—Eres un poquito MANDONA, ¿no? —le repliqué.

—¡SÍ! Y bien orgullosa que estoy. Mi canción favorita es *¡Las chicas mandan! ¡Los chicos andan!* Seguro que ya la has oído.

—Sí, claro. Pero NO tanto como *HISTORIA DE AMOR*. ¡Qué ASCO da! Lo siento, Erin. Prefiero oír la cisterna del retrete antes que tu tono de móvil. Pero... sí, tenemos un TRATO —acepté a regañadientes. Como si pudiera elegir.

—Max, otra cosa... —dijo Erin, dubitativa.

—Pero si habías dicho que solo había DOS condiciones.

—Por favor, ¡QUE NO TE PILLEN! O te juro que me plantaré allí... ¡¡Y TE MATARÉ YO MISMA!! ¡¿Entendido?! ¡Uy! Creo que ya han vuelto mis padres del cine. ¡Mándame la contraseña a la de YA! Te llamaré dentro de diez minutos, ¿vale?

¡¡CLIC!! Erin colgó antes de poder contestarle.

Mientras ponía el móvil en vibración y luego lo guardaba en el bolsillo de atrás, me di cuenta de repente de que estaba más ATERRORIZADO que NUNCA por las chicas. Y sobre todo por UNA en concreto. Erin Madison era muy INTELIGENTE, ¡daba MIEDO!

De repente, se me ocurrió algo genial. Miré a mi alrededor; había un conducto de ventilación encima de las taquillas de la parte de atrás.

YUJUUU. Sentí ganas de hacer el baile de la victoria.

Apenas había vuelto a meterme en el conducto de ventilación cuando Moose, Tucker y Ralph irrumpieron en el vestuario como MANÍACOS.

¡ESCAPÉ POR LOS PELOS DE LOS LADRONES!

—¡Te JURO que he oído algo aquí! —exclamó Tucker—. Voces y música. Moose creyó que venía del vestuario de los chicos, pero a mí me sonó que venía de aquí.

Ralph miró fijamente a Tucker.

—¡¿Por qué NO me sorprende que oigas cosas?! ¡Seguro que no te has tomado las PASTILLAS!

—¡NO estoy loco, Ralph! ¡Estoy seguro de haberlo oído! Era mi canción favorita. La de esa banda de chicos que canta: «Oye, nena, esta es nuestra historia. Con tu amor, llévame a la gloria» —cantó Tucker muy desafinado.

—¡DEJA DE CANTAR! ¡VAS A HACER QUE ME SANGREN LOS OÍDOS! —aulló Ralph.

De repente, Moose pareció muy nervioso.

—Tíos. ¿Y si hay FANTASMAS? Vi un documental en la tele sobre fantasmas, y... ¡existen de VERDAD! Creo que deberíamos irnos...

Ralph se enfadó TANTO que prácticamente se le salían los ojos de las órbitas.

—¡ESPERO que existan DE VERDAD! ¿Sabes POR QUÉ? ¡¡Porque os despediría a vosotros, que sois IDIOTAS, y contrataría a los FANTASMAS!! Entonces, CARGARÍA LOS PUÑETEROS ORDENADORES Y SEGUIRÍA CON MI PUÑETERA VIDA. ¡TUCKER! ¡MOOSE! ¡NO HAY NADA AQUÍ! ¡NI VOCES, NI MÚSICA, NI FANTASMAS! ¡¿ENTENDÉIS?!

—Sí, jefe —contestaron Tucker y Moose cabizbajos.

Entonces, sonó el móvil de Ralph, que torció el gesto.

—¡¿TINA otra vez?! ¡Se está volviendo LOCA! ¡¿Cómo voy a trabajar si me llama cada cinco minutos para chillarme algo sobre su madre?! Olvidaos del chico. Probablemente sea inofensivo. Vamos a cargar los ordenadores y a salir de aquí pitando. ¡¡Antes de que TINA se ponga imposible DEL TODO!!

—Mira, jefe, como no vamos a pasar más tiempo buscando a ese crío, ¿podríamos comernos la PIZZA? Se está enfriando —se lamentó Moose.

—¡Sí! —exclamó Tucker—. Las alitas picantes también se están quedando frías.

—¡¡NOOO!! —aulló Ralph—. ¿Qué parte de «NO» no entendéis, ESTÚPIDOS?

Moose miró fijamente a Ralph.

—Pues la tía Tina se va a disgustar MUCHO cuando se entere de que no dejaste cenar a sus sobrinos favoritos.

Tucker le sonrió burlón a Ralph.

—¡Sí! ¡Y la tía Tina ya está MUY MUY enfadada contigo!

Ralph se quedó blanco nuclear. ¡Parecía que estaba a punto de darle un infarto!

Si la estupidez fuese un delito, ¡¡aquellos tipos acabarían con una cadena perpetua!! No lo sabían todavía, pero si todo salía según el plan, ¡TINA y la PIZZA FRÍA iban a ser la MENOR de sus preocupaciones!

28. CÓMO DESCUBRÍ LA NOTA ADHESIVA DEL INFIERNO

Me alegré mucho de que Erin aceptara ayudarme. Supongo que eso significa que volvemos a ser AMIGOS.

Qué LOCURA, ¡¿verdad?!

Tal vez me apunte al club de informática y nos veamos después de clase.

¡Pero no nos confundamos!

Como ya he dicho antes, NO me estoy enamorando de ella ni nada parecido. Apenas la conozco.

Y sí, también tengo que decirle que, además de su móvil, he tomado prestado su disfraz de princesa del hielo.

Pero puesto que estaba traumatizada por la cancelación de la obra, casi mejor me guardo ese SECRETO un poco más de tiempo.

Ya. ¡YA LO SÉ! NO hace falta que me lo digáis.

Vale, gente, vamos a decirlo todos juntos... ¡TÍO! ¡MUY MAL POR MUCHAS RAZONES!

Bueno, el caso es que supongo que se lo puse tan difícil a los ladrones que AL FIN DEJARON de intentar atraparme.

Me sentí un poco INSULTADO cuando me llamaron INOFENSIVO. ¿En serio?

~~¿Por quién me toman? i¿Por un~~ PANOLI?!

Puede que no fuera tan INFAME como Ralph, tan FUERTE como Moose o tan felizmente ESTÚPIDO como Tucker. Pero tenía una entrada privada al sistema de ventilación desde mi taquilla, ¡lo que me proporcionaba un acceso SECRETO a TODO EL INSTITUTO!

¡PODÍA DOMINAR EL INSTITUTO ENTERO! ¡DE VERDAD!

Mi plan era espiar a los ladrones y vigilar todos sus movimientos hasta que tuviera la oportunidad perfecta para lanzarme y arrebatarles el cómic de mi padre.

Luego llamaría a la policía y listo.

La buena noticia era que mi ropa nueva me permitía moverme con más facilidad por los conductos.

Pero arrastrarme sobre las manos y las rodillas era lento.

Necesitaba...

¡¡VELOCIDAD!!

Pasé por la abertura del conducto que daba al armario del portero y se me ocurrió echar un vistazo dentro.

Y vi la herramienta PERFECTA...

ERA UNA ESPECIE DE MONOPATÍN ENORME, COMO TRUCADO.

Tenía ruedas antideslizantes de unos diez centímetros, blandas y gomosas, completamente silenciosas, y lo más importante es que era...

¡SUPERVELOZ!

Ahora podía ir de un extremo a otro del instituto en menos de sesenta segundos...

¡¡¡ZUUUM!!!

Iba TAN deprisa por los conductos que casi parecía que estaba...

¡¡¡VOLANDO!!!

¡Fue lo más GUAY de la historia!

¡Me sentí como un SUPERHÉROE ADOLESCENTE!

¡¡¡Combatía el MAL y la INJUSTICIA en los HÚMEDOS, FRÍOS y OSCUROS, y a veces PELIGROSOS, pasillos del INSTITUTO!!!

Mi vida iba a cambiar a partir de ese momento.

¡Empezando por mi TAQUILLA!

Quité el cerrojo y luego lo recoloqué DEBAJO del picaporte con un clip para que pareciera cerrado, pero en realidad no lo estaba.

Puesto que ahora podía abrir la puerta desde el interior, ¡¡JAMÁS, JAMÁS volvería a quedarme encerrado OTRA VEZ!!

~~¡LO SIENTO, ABUSÓN!~~
~~¡YA SE TE PASARÁ!~~

Hice el BAILE DE LA VICTORIA y caminé hacia atrás a lo Michael Jackson por el pasillo de regreso al conducto.

Mi siguiente tarea era conseguirle la contraseña a Erin.

Lo que, desgraciadamente, significaba HUSMEAR en el...

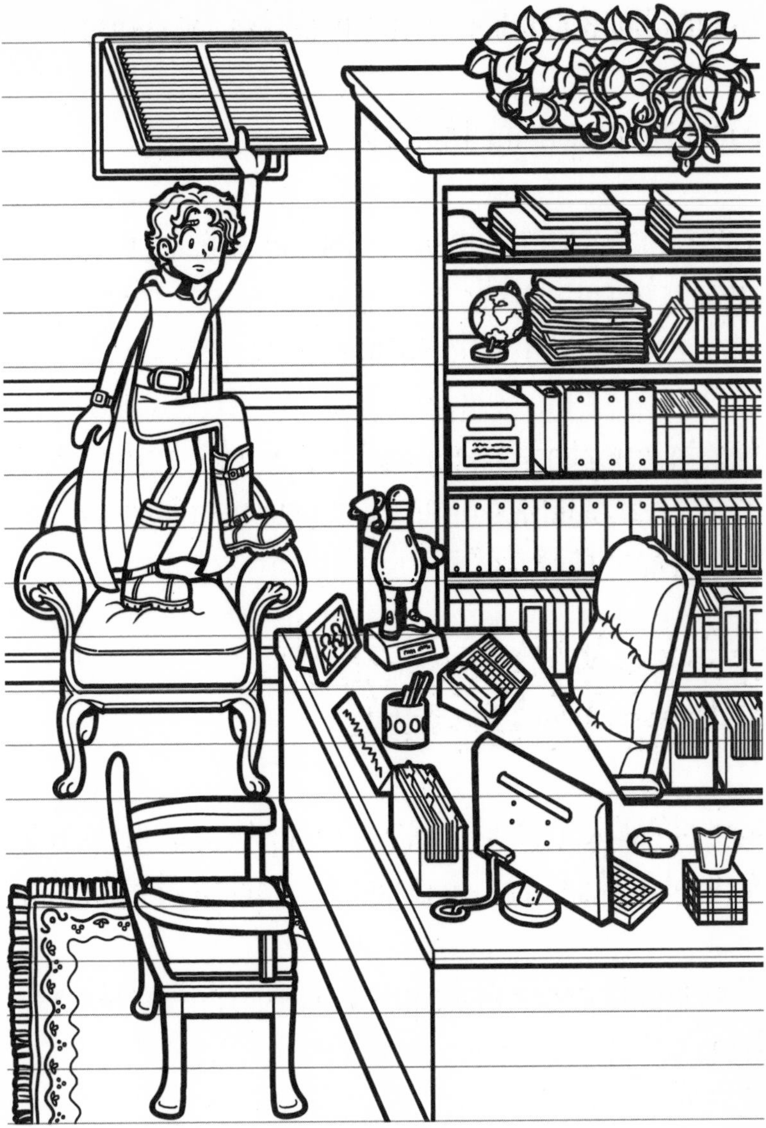

DESPACHO DEL DIRECTOR

Entrar en el despacho del director sin permiso SIN DUDA me costaría un castigo gordo, o incluso que me expulsaran del instituto.

Y entonces mi abuela volvería a darme clases en casa.

El cuerpo se me cubrió de un sudor frío solo de pensarlo.

Tuve que resistir el impulso de entrar en el ordenador del director y rellenar el documento de traslado de ABUSÓN a otro centro.

¡¡A SIBERIA!!

Vi un trofeo de bolos de aspecto extraño sobre la mesa, justo lo que me había dicho Erin.

Lo cogí con cuidado y le di la vuelta.

¡Allí estaba, pegada al fondo, la ficha con la lista de contraseñas!

¡MISIÓN CUMPLIDA!

Le hice una foto a la ficha con el móvil de Erin y luego se la mandé al correo electrónico.

Volví a pegar la ficha debajo del trofeo, y cuando

estaba a punto de marcharme me fijé en las notas adhesivas de color amarillo que había en la pantalla del ordenador.

Por desgracia, ¡una de ellas hablaba de MÍ!

PARA: director Smith
DE: Kathy W.
ASUNTO: MAXWELL CRUMBLY, 2.º curso

Max llegó hoy tarde dos veces, faltó a un examen de mates y parecía alterado por algo. Sus padres pidieron que se les informara de cualquier problema.

¿Los llamo el martes para concertar una reunión?

¡¿PROBLEMAS?! ¿Qué problemas? ¡¡NO tengo ningún PUÑETERO problema!!

Había logrado SOBREVIVIR a Abusón y a tres delincuentes. ¿¡Y ahora el DIRECTOR iba a ESTROPEARLO todo reuniéndose con mis PADRES?!

¡NO ME FASTIDIES!

Me quedé mirando la nota. ¿Y si desaparecía sin más? Probablemente ni se daría cuenta de que ya no estaba.

¡Sí, ya lo sé! Llevarme algo que no es mío estaba muy mal y me DESTROZARÍA la vida.

~~Pero que me dieran clases en casa y comer galletas de animales hasta VOMITAR también.~~

ARRANQUÉ la nota, la arrugué y me la metí en el bolsillo.

Luego eché a correr, me subí de un salto a la silla, reboté en el cojín y me metí en el conducto, como un ninja.

¡LO SIENTO, DIRECTOR SMITH!

Pero Max C. no iba a rendirse sin más.

29. LA HUMILLANTE DESGRACIA DE MAX CRUMBLY (¡LO SIENTO, TÍOS! ¡CULPA MÍA!)

Erin debía de haber conseguido otro móvil, porque me mandó un mensaje...

Gracias por la contraseña ☺. ¡Acceso remoto conseguido! Te llamo en 2 minutos.

Tenía que encontrar un lugar lo más apartado posible de la clase de informática para poder hablar con ella sin que nadie me oyera.

Un sitio como, quizá...¡¡EL CUARTO DE CALDERAS!!

Estaba en la parte oeste del instituto, así que crucé los conductos a la mayor velocidad que pude. Tenía que girar a la izquierda, luego dos veces a la derecha y luego izquierda otra vez. ¿O era a la derecha, dos a la izquierda y luego a la derecha? No estaba seguro, pero no me preocupaba en absoluto.

¿Qué podía salir mal cuando vas como un cohete por un conducto de ventilación?

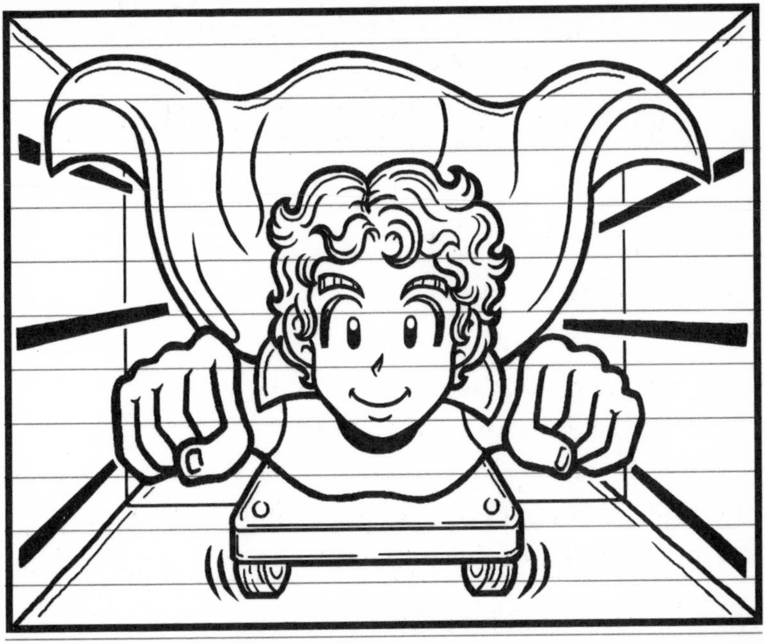

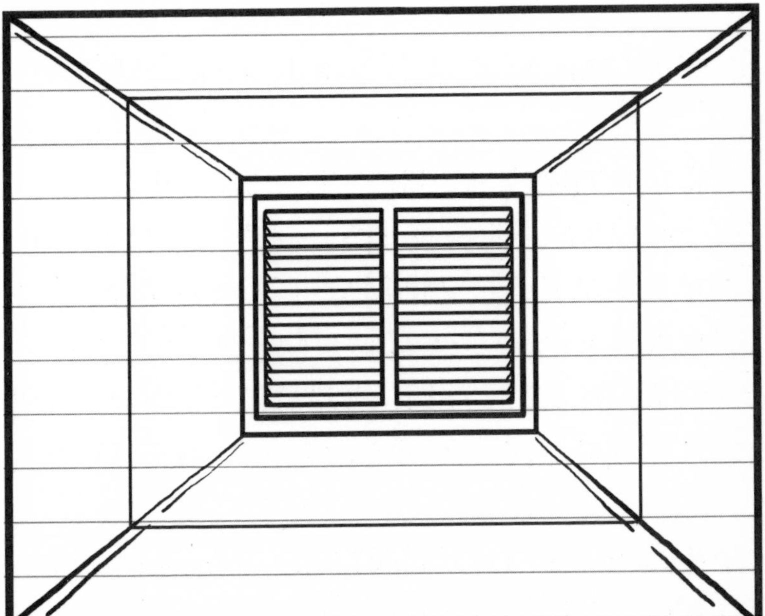

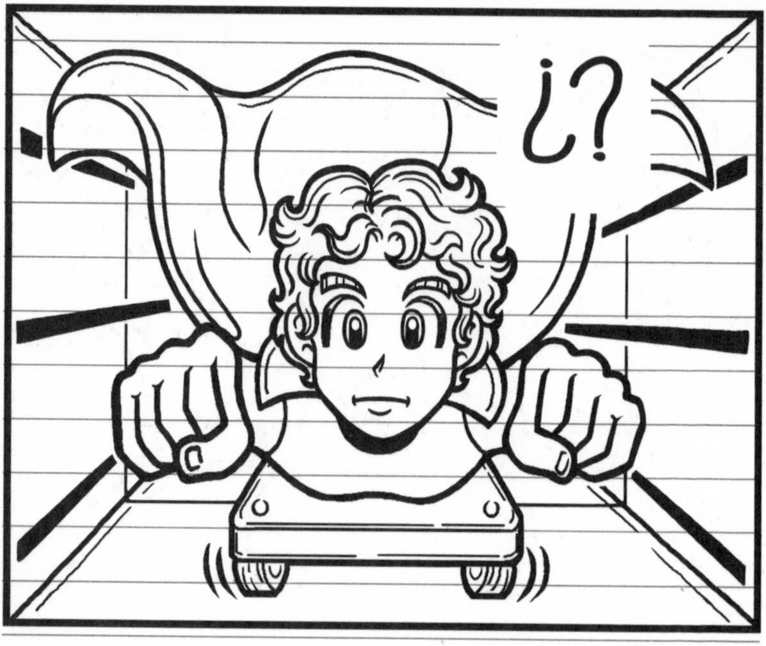
¿?

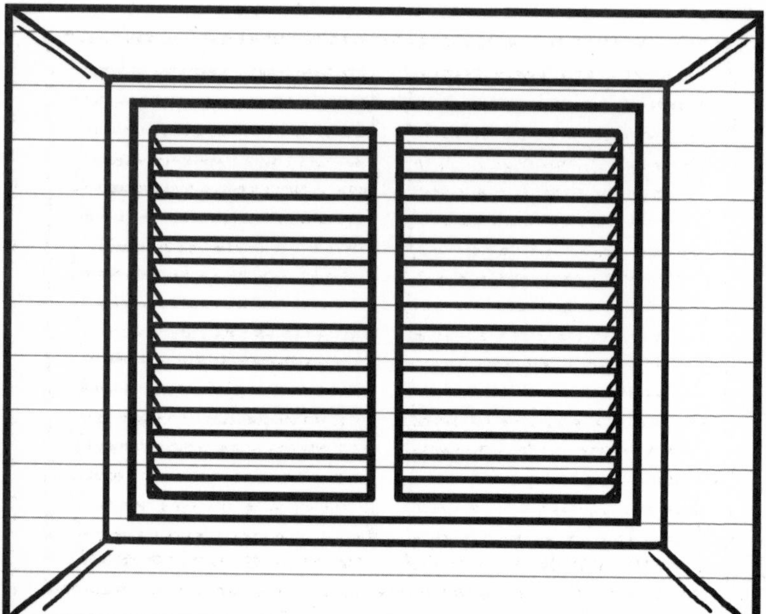

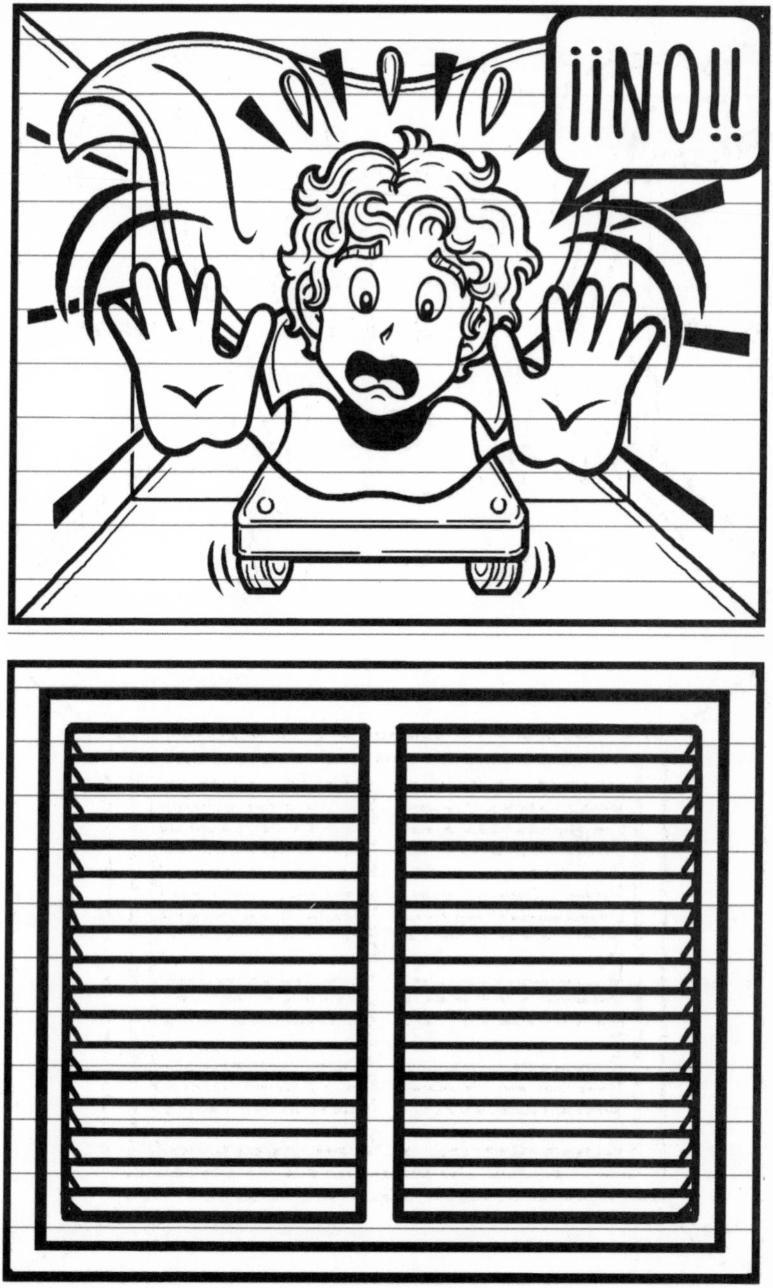
¡¡NO!!

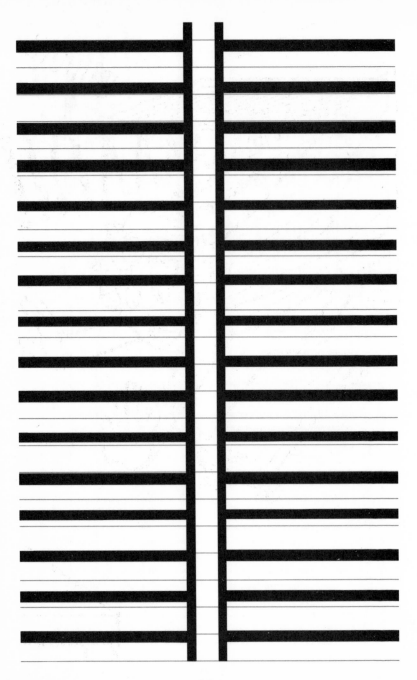

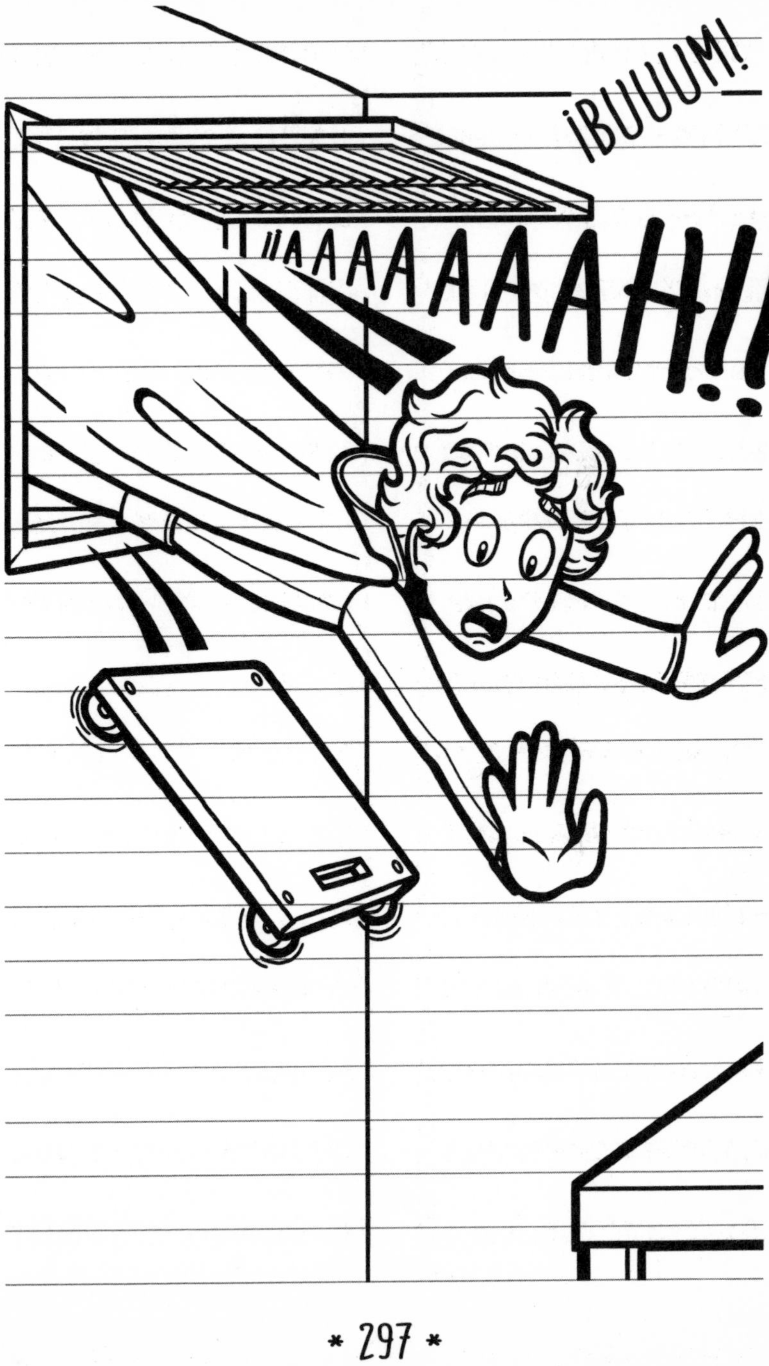
¡BUUUM!
¡¡AAAAAAAAAH!!

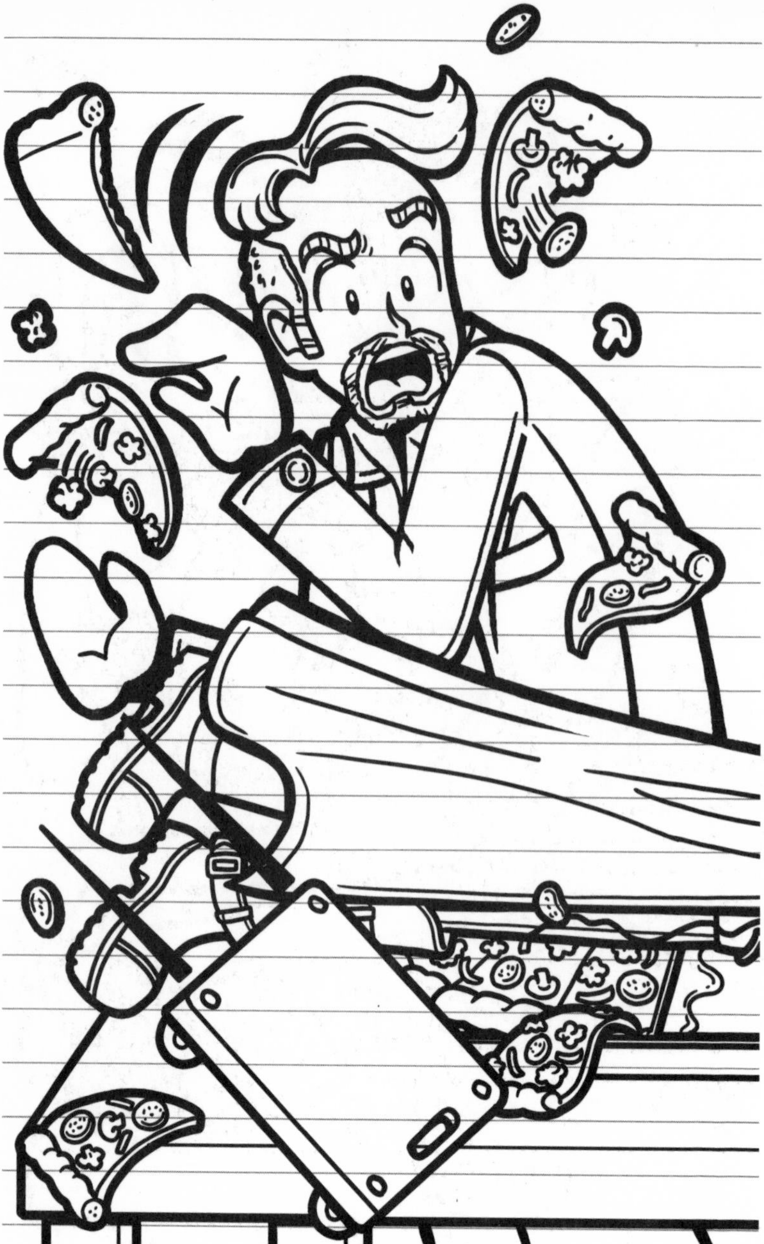

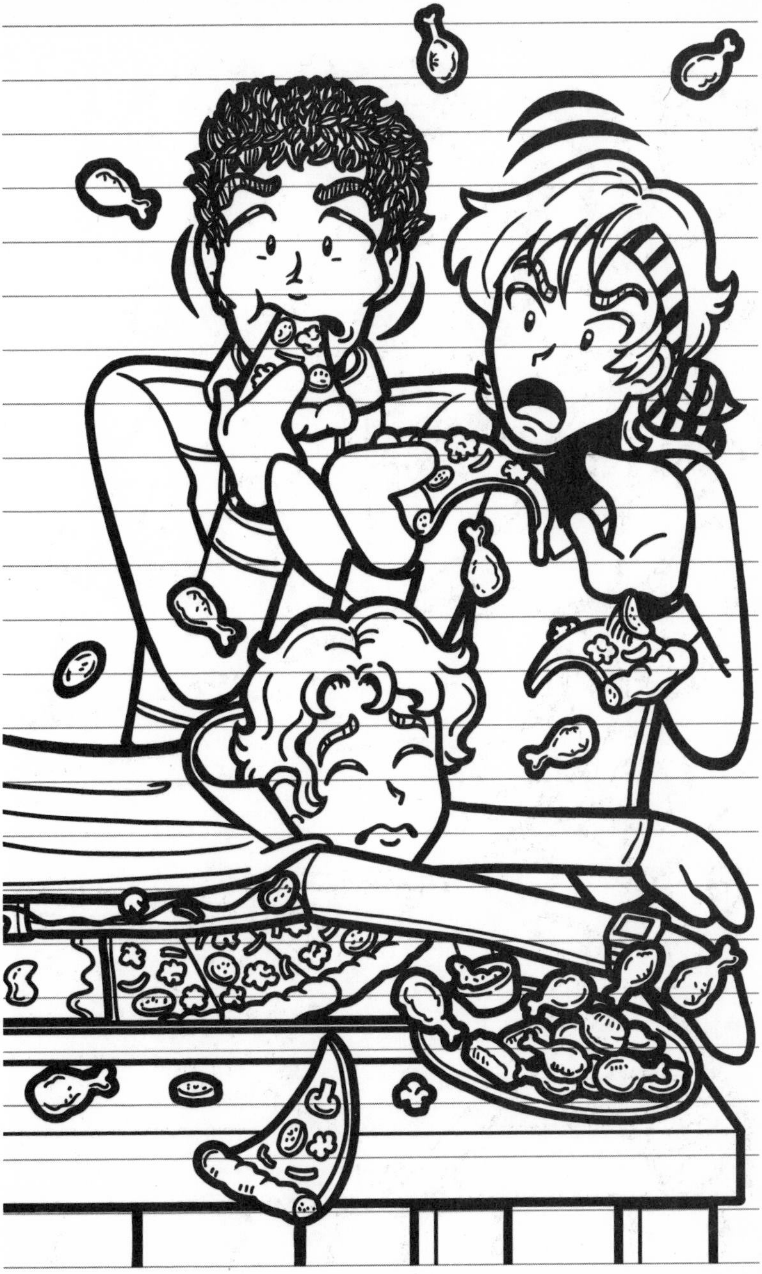

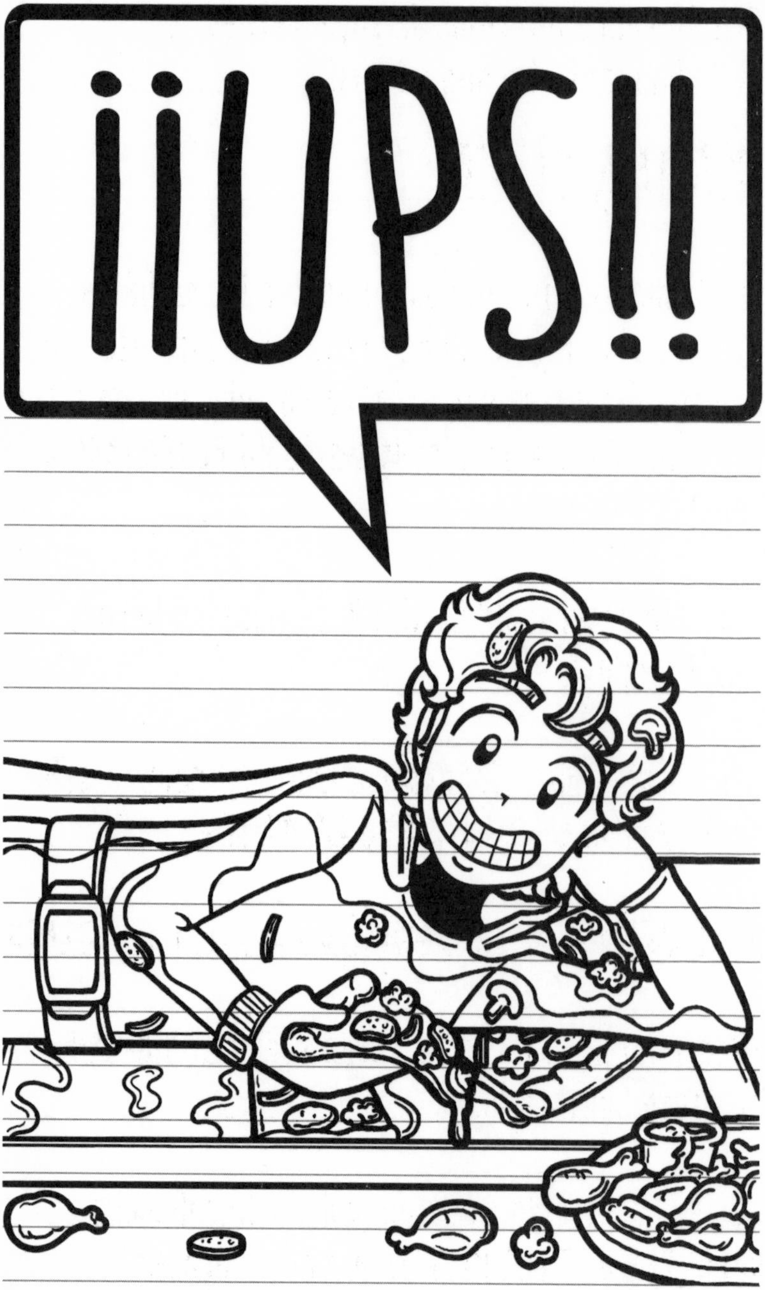
¡¡UPS!!

Si esto fuera un cómic de superhéroes, probablemente terminaría así:

¡MAMMA PIZZA!

La última vez que vimos a nuestro héroe había atravesado el sistema de ventilación a ciento veinte kilómetros por hora, había sorprendido a sus archienemigos malvados ¡y les había REVENTADO la cena!

¿Será la desgracia DEFINITIVA de nuestro héroe, Max Crumbly?

¿Podrá la genio informática, ERIN, ayudarle a salir de este colosal LÍO ~~DE QUESO CALIENTE~~?

~~¡¿DE VERDAD se va a COMER ese trozo de PIZZA?!!~~

¿Podrá nuestro valeroso héroe salir con VIDA del instituto South Ridge?

¿O será destruido como un pedazo de salchicha en la COSTRA DE PIZZA MALDITA a medio hornear?

¡Seguro que no os podéis creer que os vaya a dejar así, con la intriga, como me hacen en mis cómics favoritos! Lo siento, pero lo único que puedo decir llegados a este momento es...

¡¡CONTINUARÁ!!

Ahora ya sabéis un poco más de mí y de mi alocada vida. ¡OJALÁ me estuviera inventando todo esto!

Todavía no sé si es más DIFÍCIL ser un SUPERHÉROE o un estudiante torpe, apacible e incapaz de relacionarse ~~conocido como POTA.~~

~~¡Ya! ¡SÉ que metí la pata hasta el fondo! TODAVÍA me cuesta cogerle el punto a ser un SUPERHÉROE, ¿vale?~~

~~¡NO ME BARRENÉIS! Que quede claro que NO es tan fácil como parece.~~

Pero lo que tengo cristalino es que voy a procurar convertirme en el HÉROE INCREÍBLE que siempre he querido ser.

Y si yo puedo hacerlo... ¡VOSOTROS TAMBIÉN!

No te pierdas
la continuación de:

El desastroso
MAX
CRUMBLY

AGRADECIMIENTOS

No puedo creer que Max Crumbly haya llegado a salvar el mundo POR FIN.

Empecemos por mi equipo de superhéroes, dirigidos por la increíble Batchica en persona, mi directora editorial, Liesa Abrams Mignogna. Estoy encantada de adentrarme contigo en el mundo de los superhéroes, que tú conoces tan bien. Gracias por compartir tu excepcional talento creativo mientras yo buscaba mi nueva voz. Cuando las malvadas fechas de entrega asomaban su fea cara, tú las pulverizabas, y por ello, te estoy muy agradecida. Gracias por tu pasión y entusiasmo inagotables. Sí, esa es la vida diaria del cruzado de la capa. Y Batbebé también ayudó.

Karin Paprocki, mi ingeniosa directora artística, que usa su poderosa genialidad para el diseño para crear fantásticas cubiertas y emocionantes maquetas. Seres inferiores habrían sucumbido a la presión de lo desconocido, pero tú has salido victoriosa. Ningún detalle artístico inadecuado ha pasado por alto a tu ojo de halcón. Gracias por trabajar sin descanso para conseguir que todas las ilustraciones de Max C. sean fantásticas.

Mi directora editorial, Katherine Devendorf, que lo mantuvo todo en perfecto orden y armonía, hasta los plazos de entrega más malignos. Tu poder sobre las palabras te convierte en una enemiga formidable de cualquier frase malvada. Gracias por ser una defensora editorial tan valiente.

Daniel Lazar, mi fenomenal y supertrabajador agente en Writers House, con poderes telepáticos y un intelecto superior. Tu capacidad asombrosa para saber lo que estoy pensando e innovar hace que trabajar contigo sea un sueño. Tus instintos de agente literario no tienen rival en este universo. Gracias por ser mi amigo, confidente y valiente colaborador.

Para mi liga de superhéroes en Aladdin/Simon & Schuster, Mara Anastas, Mary Marotta, Jon Anderson, Julie Doebler, Jennifer Romanello, Faye Bi, Carolyn Swerdloff, Tara Grieco, Lucille

Rettino, Matt Pantoliano, Michelle Leo, Candace McManus, Anthony Parisi, Sarah McCabe, Emma Sector, Christina Solazzo, Lauren Forte, Christine Marshall, Crystal Velasquez, Christina Pecorale, Gary Urda, y el equipo entero de ventas. Cada uno de vosotros posee extraños poderes y capacidades para generar ventas supersónicas y crear campañas de marketing innovadoras. Gracias por vuestro trabajo duro y por vuestro compromiso. Sois el mejor equipo del universo editorial, y una fuerza a la que temer.

Quiero dedicar un agradecimiento especial a Torie Doherty-Munro, de Writers House; a mis agentes de derechos internacionales Maja Nikolic, Cecilia de la Campa, Angharad Kowal y James Munro; y a Zoé, Marie, y Joy, sois un grupo de élite con poderes sobrenaturales. Gracias por formar parte de nuestro equipo.

Para Erin, mi coautora de talento sobrehumano; Nikki, mi ilustradora increíble; Kim, mi representante (y compañera de batallas); Doris; Don; y toda mi familia: VOSOTROS sois mis HÉROES.

Con vuestra sabiduría, apoyo inquebrantable y amor, habéis hecho realidad mis sueños más increíbles. Gracias por creer en mí. Hoy, Max Crumbly y mañana... ¡el mundo!

FOTOGRAFÍA DE @ SUNA LEE

RACHEL RENÉE RUSSELL

Es la autora superventas del *New York Times* y de la
nueva serie: El desastroso Max Crumbly.

Hay más de 25 millones de ejemplares de sus libros
impresos por todo el mundo y sus obras han sido
traducidas a 36 idiomas.

Disfruta trabajando con sus dos hijas, Erin y Nikki, que
ayudan a ilustrar y escribir sus libros.

El mensaje que quiere dar Rachel es: «Conviértete en
el superhéroe que admiras».